Rose-Lise Bonin

Zeitsprung II

Impressum

Bibliografische Information der Deutschen Nationalbibliothek: Die Deutsche Nationalbibliothek verzeichnet diese Publikation in der Deutschen Nationalbibliografie; detaillierte bibliografische Daten sind im Internet über dnb.dnb.de abrufbar.

2. Auflage, 2023
© 2023 Rose-Lise Bonin
RLB Autorin
rlb.autorin@gmail.com
www.rlb-autorin.de

Überarbeitete Neuauflage der Erstausgabe 2012
Hinweis: Die Autorin hat die *Zeitsprung*-Trilogie im Alter von elf bis siebzehn Jahren verfasst. Um die Authentizität zu bewahren, wurden nur erforderliche inhaltliche und stilistische Änderungen vorgenommen. Die Handlung bleibt davon unberührt.
Lektorat & Korrektorat: SMU Verlag
Umschlaggestaltung: Schattmaier Design
(www.schattmaier-design.com) unter Verwendung von Bildern von Shutterstock und Adobe Stock
Herstellung und Verlag: BoD - Books on Demand, Norderstedt
ISBN: 9783757803360

ROSE-LISE BONIN

ZEIT SPRUNG II

Vertraue niemandem

Als Deutsch-Französin 1997 an der Côte d'Azur geboren, entdeckte Rose-Lise Bonin mit elf Jahren die Liebe zum Geschichtenerfinden. Immer ihrer Zeit voraus absolvierte sie als 16-Jährige das Abitur. Ihr Debüt als Romanautorin machte sie mit der Science-Fiction-Fantasy-Trilogie *Zeitsprung*, die ihre Leidenschaft für außergewöhnliche Charaktere entfachte. Diese Faszination entwickelte sich während ihres Studiums weiter und fand nicht zuletzt in ihrer Arbeit zur Diversity im Superheldengenre Ausdruck, mit der sie 2019 ihren International Master of Arts abschloss. Schon seit 2016 schreibt sie Texte und Drehbücher für Radiobeiträge, TV-Produktionen und Digitalredaktionen, u. a. die Augsburger Allgemeine, fernsehserien.de, NBCUniversal und Constantin Entertainment. Mit ihren Romanen verfolgt Rose-Lise ihren größten Traum, ihre Leser:innen mit Geschichten über besondere Menschen zu inspirieren.

www.rlb-autorin.de

Jetzt Newsletter abonnieren:

Vertraue niemandem.

Kapitel 1

Die heißen Sonnenstrahlen brannten auf meiner Haut, doch die Kälte fraß sich wie ein hungriges, gieriges Tier durch mich hindurch.

Der Schmerz traf mich wie ein Blitz.

Mein Kopf hämmerte und ich war durstig. Ich blickte meine Arme an, die mit Kratzern übersät waren. Mein ganzer Rücken schmerzte.

In diesem Augenblick kehrte eine Erinnerung zurück und mein Herz blieb stehen.

Shane.

Wo war er? Warum konnte ich ihn nicht sehen?

Ich riss mich zusammen und richtete mich langsam auf. Schnell atmend schaute ich mich um, doch ich sah keinen Körper, kein Leben, keinen Shane.

Panik ergriff mich. Ich war verletzt und allein. Wer sollte mich hier finden und retten können?

»Hilfe!«, schrie ich. Meine Stimme klang heiser. Ich bekam keine Antwort.

Hinter mir stand ein Baum und ich klammerte mich an ihm fest, um mich mit aller Kraft hochzuziehen. Mein rechter Knöchel schmerzte, doch das war mir jetzt egal.

Ich musste Shane finden. Er konnte nicht weit sein, oder?

Mein Ziel war die Lichtung. Von dort könnte ich einen besseren Überblick haben. Ich versuchte zwar nicht an die Schmerzen zu denken, doch jeder Schritt war eine neue Herausforderung und ließ mich an meiner Stärke zweifeln. Aber etwas in mir zwang mich, weiterzugehen und niemals aufzugeben.

Die Lichtung lag wie ein ausgetrocknetes Meer vor mir, von der Sonne hell erleuchtet. Es gab Blutflecken, aber keine Spur von Shane.

Als Letztes erinnerte ich mich daran, dass Shane zu Boden ging.

Hatte Xaviero ihn besiegt und dann verschleppt? Wenn ja, war es zu spät, um ihn zu retten? Wie viel Zeit war vergangen?

Die Sonne stand hoch am Himmel. Es konnten einige Stunden oder mehr als ein Tag gewesen sein.

Auf jeden Fall hatte es meinen Feinden genug Zeit gelassen, Shane zu entführen.

Zeit. Zeitsprung.

Natürlich! In den letzten Augenblicken des Kampfes gegen Xaviero hatte ich meine Gabe wiedererlangt. Der Zeitsprung konnte mich überall hinbringen. Theoretisch auch zu Shane.

Mein ganzer Verstand setzte wieder ein und ich fühlte mich endlich wach. Doch genau in diesem Moment konnte ich nicht mehr das Gleichgewicht halten und fiel nach vorne. Ich wünschte mir nur noch Hilfe. Bevor mein Kopf den Boden berührte, war ich verschwunden. In der Dunkelheit streiften Bilder auf hunderttausend Leinwänden an mir vorbei.

Plötzlich schlug ich hart auf. Ich blinzelte und nahm dunkelbraune Kacheln wahr.

»Rhapsody?«, hörte ich. Die Stimme kam von vorne, und als ich aufblickte, konnte ich einen Tisch erkennen, auf dem ein paar Stoffe und Stifte lagen.

Ich erkannte sofort Hojonos Gesicht. Ich hatte mich nach Hilfe gesehnt und war bei ihm gelandet.

»Hojono ...«, murmelte ich. Das grelle Licht in diesem Raum brannte in meinen Augen. Als ich wieder einigermaßen etwas erkennen konnte, kniete Hojono vor mir.

»Rhapsody! Was ist passiert? Wie du aussiehst! Wer hat dir das alles angetan?«, fragte mich Hojono.

»Shane ist weg«, brachte ich heraus. »Ich brauche Wasser.«

Er nickte, wandte sich von mir ab und rief jemandem etwas in einer fremden Sprache zu.

Ich schluckte und mein Hals schien vor Schmerz in Flammen aufzugehen.

»Ich habe nach einem Arzt gefragt. Er wird jeden Moment hier sein. Ich werde dir helfen, dich aufzurichten. Du kannst mir später alles erzählen.«

Ich nickte und widersetzte mich nicht, als er seine Arme unter mich gleiten ließ. Mittlerweile tat mir alles weh. Wieder schoss mir in den Kopf, was meine Aufgabe war.

»Shane«, hauchte ich.

Ich wehrte mich, doch ich hatte kaum Kraft.

Mit einem Arm hielt er mich aufrecht und mit dem anderen griff er nach den Stoffen, die auf seinem Tisch lagen. Es waren ziemlich viele, und ehe ich mich versah, lag ich halb aufgerichtet auf einer Art Kissen.

»Ich weiß, aber du kannst in diesem Zustand nirgendwohin«, antwortete er ernst und strich mir ein paar Strähnen von meiner nassen Stirn.

In diesem Augenblick sah ich nicht den Hojono mit den weißen Stachelhaaren, sondern den, der meine Mutter liebte und sie vor siebzehn Jahren an unsere Feinde verloren hatte.

Nun hatten sie Shane, aber ihn würden sie nicht lange behalten.

Jemand näherte sich uns. Eine junge Frau brachte einen türkisfarbenen Becher mit Wasser.

Hojono hielt ihn fürsorglich an meine Lippen und ich trank.

Das Wasser stärkte meine Wahrnehmung, insbesondere die meiner Schmerzen. Sie zerrissen mich in tausend Stücke.

Alles verschwamm und meine Augen schlossen sich. Ich spürte Hojonos Wärme, die mich streichelnd in den Schlaf lockte.

*

Als ich meine Augen öffnete, sah ich alles in ein dunkelblaues Licht getaucht. Es war gemütlich und ich war noch sehr müde, aber ich musste weg, Hojono alles erklären und Shane retten.

Ein paar Lichtstrahlen zwängten sich an den Vorhängen eines Fensters vorbei. Mehr als dieses Bett, in dem ich lag, konnte ich in diesem kleinen Raum nicht erkennen. Außer natürlich die Tür, die mein nächstes Ziel war. Ich versuchte mich zu drehen, um aufzustehen, aber irgendetwas zwang mich, liegen zu bleiben und drückte mich wieder seitlich ins Bett hinein.

Ich rüttelte und schüttelte, aber nichts geschah.

Plötzlich strömte ein grelles Licht in diesen Raum. Die Tür hatte sich auf der gegenüberliegenden Seite geöffnet und zwei Personen traten ein.

Eine ging sofort zum Fenster und öffnete die Vorhänge, während die zweite Gestalt sich mir näherte.

Nun drang viel mehr Licht hinein und ich erkannte Hojono, der mich mit einem traurigen, aber liebenswürdigen Lächeln begrüßte. Die Frau kam mir nicht bekannt vor. Sie hatte gestuftes, braun-goldenes Haar und ähnelte einer Asiatin.

Mit schnellen Schritten stand sie neben Hojono.

»Guten Morgen, Rhapsody. Geht es dir besser? Mein Name ist Ynda und ich bin Ärztin. Ich habe mich um dich gekümmert«, erklärte sie. Sie war mir sofort sympathisch und ich nickte dankbar.

Dann wanderte mein Blick zu Hojono und ich traute meinen Augen nicht.

Er hatte sich komplett verändert. Seine braunen Haare waren zurückgekämmt und glänzten wie seine nussbraunen Augen. Er sah genauso aus, wie der Hojono, der meiner Mutter zur Seite gestanden hatte.

Ich lächelte, denn er hatte zu sich selbst gefunden, seine wahre Identität wieder angenommen.

Das ließ mich jedoch nicht alles andere vergessen.

»Wie viel Zeit ist vergangen, seitdem ich hier bin?«, fragte ich. Meine Stimme klang nun wieder viel natürlicher.

»Das ist nicht von großer Bedeutung. Dein Zustand hat sich ver...«, begann sie zu erzählen, aber ich ließ sie nicht.

»Wie viel?«, beharrte ich und Hojono tauchte hinter ihr auf.

»Vierundzwanzig Stunden«, antwortete er.

Ich reagierte augenblicklich.

»Ich muss Shane finden! Hojono, ich brauche Waffen, um mich verteidigen zu können. Ich muss ihn retten, er wurde entführt ...«, sprudelte es aus mir heraus. Ich war fassungslos.

Vierundzwanzig Stunden!

Ein ganzer Tag!

»Nein. Du bleibst liegen. Du bist nicht gesund, du würdest dich selbst in Gefahr bringen. Du weißt noch nicht einmal, wo er ist!«, unterbrach er mich. Eine gefährliche Wut brauste in mir auf und ich spürte, wie sie im nächsten Moment einer Pistolenkugel gleich aus mir herausschoss.

»Ich bin unwichtig! Wir müssen ihn retten! Wir können ihn nicht allein lassen! Ich kann ihn nicht allein lassen! Sie werden ihn umbringen, ich habe sowieso schon zu viel Zeit verloren! Wenn du mir nicht helfen möchtest, dann ... gehe ich allein. Der Zeitsprung wird mich schon dort hinbringen, wo er ist. Ich schaffe das! Ich gebe nicht auf«, schrie ich ihm wütend ins Gesicht. Ich wollte mich aufrichten, aber eine Art Klammer hielt mich an meiner Schulter und Hüfte fest. Sie zwang mich, liegen zu bleiben.

Hojono legte seine Hand auf meine Schulter und seine ganze Fürsorglichkeit, seine ganze Zärtlichkeit flossen in mich hinein und ließen mich in seine Augen blicken.

»Rhapsody«, fing er ruhig an, »du gibst nicht auf. Glaube mir, ich weiß, wie sie die Schwächen anderer durchschauen können und sich damit Vorteile verschaffen. Wenn du wieder stark und gesund bist, dann kann dir nichts den Weg versperren. Sie werden ihn nicht töten, dafür ist Shane viel zu wertvoll. Er ist eine lebendige Waffe und im Grunde genommen, ist er nicht derjenige, den sie haben wollen. Sie benutzen ihn als Mittel zum Zweck. Sie wollen dich. Je schwächer du bist, desto weniger besteht die Chance, dass du mit ihm heil aus der Sache herauskommst. Und glaube mir: Es gibt nichts Schlimmeres, als zu wissen, dass der wichtigste Mensch in deinem Leben sich für dein Überleben geopfert hat.« Hojono sprach Klartext.

Ich sah die Realität in seinem Blick: der Schmerz, die Qual, das Leiden und die Schuld. Plötzlich wurde mir etwas klar, was mir zuvor noch gar nicht in den Sinn gekommen war. Er fühlte sich für Aprilyas Verschwinden verantwortlich.

Die Rolle, die er die letzten 17 Jahre gespielt hatte, war keine Flucht vor dem Schmerz gewesen, sondern die Hoffnung, seinem Gewissen zu entkommen. Aber niemand kann vor seinem Gewissen fliehen.

Er hatte von Opfer gesprochen. Er hielt sie für tot. Er hatte keine Hoffnung mehr. Etwas brauste in mir auf. Ich konnte es nicht zurückhalten. Ich fühlte, wie es in mir brannte und ich das Feuer ausspeien musste; es bedrückte mich, machte mich wahnsinnig.

»Wie kannst du nur!«, schrie ich und spürte, wie eine Träne der Wut meine Wange herunterfloss. »Zuerst Aprilya, dann Shane! Hast du damals auch nichts unternommen, um sie zu retten?«

Hojono starrte mich an. Seine Stirn war krampfhaft in Falten gezogen, seine Augen klein und leer und seine Mundwinkel hingen nach unten. Mit jedem Wort schien er schwächer geworden zu sein, armseliger und lächerlicher. Er war von Scham erfüllt und mir rannten mittlerweile die Tränen wie Lava herunter.

Mir wurde bewusst, was ich getan hatte.

Ich fühlte mich nicht besser, nein, sogar erheblich schlechter.

Ich hatte Wut und Hass an Hojono ausgelassen, hatte vielleicht seine Worte falsch interpretiert und ihn unnötig angeschrien.

Doch ich brachte es auch nicht fertig, ihm zu sagen, dass es mir leidtat. Schließlich war etwas Wahres daran: Viel Hoffnung hatte er nicht.

Ich war ein Monster.

Ich beherrschte die Zeit, die das Schicksal kontrollierte. Ich hielt alles Leben in meiner Hand, doch ich hatte meine Gabe nur für mich benutzt. Sonst hatte ich nur verletzt. Meine Mutter, Tommy, Sandra und Hojono. Wer stand noch auf meiner Liste? Ich fühlte, wie mein Gewissen mich zerfraß.

Hojono schaute in die Ferne, Ynda stand verlegen im Hintergrund.

Gab es überhaupt noch etwas, was ich retten konnte?

Kapitel 2

Es war feucht, eisig und eine unberührbare Stille verteilte sich in der Atmosphäre. Ich nahm dunkle Wände wahr, an denen Wassertropfen herunterliefen. Die Kälte drang in mich hinein, wie Millionen von Nadeln, die kein Stück Haut freiließen und ihr Furcht einflößendes Gift in mich hineinzwangen.

Es war ein enger Flur. Nur ein paar fremde Lichtstrahlen, die aus einem anderen Flur hervordrangen, halfen mir, die letzten Meter bis zur T-Kreuzung erraten zu können. Schnell wurde mir klar, dass dies kein Traum war, sondern eine Vision.

Eine Vision der Gegenwart.

Ich war zwar nicht physisch anwesend, konnte jedoch alles genau spüren und mein Blick wanderte wie eine schwebende Kamera langsam und gleichmäßig durch die Luft.

»Ich« bog nach rechts ab und sah dabei nicht, woher das Licht stammte. Umdrehen konnte ich mich nicht, etwas zwang mich, geradeaus zu schauen.

Nach ein paar Augenblicken bog »ich« nach links ab und »ich« sah vor mir einen etwas breiteren Flur in schwaches Licht getaucht.

Das einzig Verwirrende waren die Wände. Es waren nämlich keine.

Sie sahen aus wie senkrechte, schwarze aneinandergereihte Wasserflächen und zwischen ihnen gab es einen handbreiten Balken. Man konnte darauf einen Bildschirm identifizieren, der jedoch ausgeschaltet war.

Auf jeder Seite gab es vier solcher Flächen. Mir wurde schnell klar, dass es Türen waren.

Tatsächlich bestanden diese schwarzen Flächen aus vielen dünnen Laserstrahlen, die bei der geringsten Berührung höllische Verbrennungen auslösen konnten. Abstrakte Flächen, die einem die Haut zerfraßen.

Plötzlich wechselte der Blickwinkel und ich befand mich in einem kleinen, dunklen Raum. Irgendetwas tropfte und ein grelles Bildschirmlicht erhellte ein wenig die triste Umgebung.

Ich erkannte die Fläche vor mir wieder, nur stand ich offensichtlich auf der anderen Seite. Mein Kamerablick drehte sich und mein Atem stockte, mein Bauch krampfte sich zusammen und ich schreckte auf.

Shane.

Shane saß regungslos auf einer Bank, gegen die feuchte, schwarze Mauer gelehnt. Sein Oberkörper war unversehrt und seine Haut sehr blass. Arme und Schultern waren stark angespannt und mein Blick wanderte zu seinen Händen, die zu Fäusten geballt waren.

Dann blickte ich in sein Gesicht. Er presste seinen Kiefer zusammen und seine Lippen waren blau. Der Atem, den er durch die Nase herausblies, hinterließ bei dieser Kälte einen kleinen Nebel, der sich erst nach ein paar Sekunden in nichts auflöste. Seine Augenlider waren geschlossen und ab und zu bewegten sich darunter seine Augäpfel.

Ein schwarzer Schlauch, der mit einer Infusionsnadel verbunden war, führte in seinen Arm. Man konnte nicht erkennen, was in seinen Körper hineinfloss, doch es konnte nichts Gutes sein.

Der Schlauch kam aus einer Wand, an dem gleich daneben ein Bildschirm hing, der merkwürdige Symbole anzeigte, die ich nicht erkennen konnte. Doch Shanes Herzfrequenz war deutlich lesbar: 168 Schläge pro Minute.

Warum schlug sein Herz so schnell? Was geschah bloß mit ihm?

Warum war ich eigentlich hier? Ich konnte ihn weder anfassen, noch retten.

Gab es überhaupt noch etwas, was ich retten konnte?

Diese Vision war die Antwort.

Mit einem Mal verschwand das Bild vor meinen Augen. Ich blinzelte einige Augenblicke und fing wieder an zu atmen.

Es hatte sich nichts verändert. Was ich als längere Zeitspanne empfunden hatte, war eigentlich nur von kurzer Dauer gewesen.

»Shane«, hauchte ich.

»Rhapsody, ich weiß nicht, was ich sagen soll. Es … ich …«, stammelte Hojono und kam auf mich zu.

Zu glauben, dass meine Mutter tot sei, ist nicht unbedingt verzeihbar, aber nachvollziehbar. 17 Jahre hatte er gewartet und was weiß ich alles dafür getan, um sie wiederzufinden. Und seither erwarteten ihn bloß die Arme der Einsamkeit und des Alleinseins. Er wollte sich entschuldigen, aber das brauchte er nicht mehr.

»Ich weiß, wo Shane ist«, unterbrach ich ihn und zuerst schien er nicht zu verstehen. Dann erhellte sich sein Blick.

»Hattest du eine Vision?«, fragte er vorsichtig und ich nickte einfach, denn plötzlich tauchten Zahlen und Wörter auf. Koordinaten. Mortoriva. Mars.

»Hojono, ich brauche etwas zum Schreiben, schnell!«, rief ich aufgeregt. Er nickte, kam zu mir und hielt mir sein Armband mit dem Touchscreen vor die Augen.

»Ich weiß nicht, wie das funktioniert! Ich brauche Papier und Stift«, sagte ich und Nervosität stieg in mir auf: Wenn die Informationen gleich verschwinden würden, wie könnten wir dann Shane wiederfinden?

»Das gibt es nicht mehr. Aber sag mir doch, was du notieren möchtest und ich erledige das«, erwiderte er.

»37° 0′ N, 12° 48′ W, Mortoriva – Mars«, diktierte ich. Hojono starrte auf den Bildschirm und sein Mund öffnete sich.

»Das ist ein Ort, den das System nicht freigibt. Er ist gesperrt. Aber es gibt eigentlich nichts, was dieses System sperren sollte. Ich habe es doch gebaut!«, meinte er ganz nervös.

»Was befindet sich drum herum? Wo ist das?«

Hojono blickte mich geschockt an.

»Mortoriva ist die Hauptstadt des Mars, Yieros Planet. Der gesperrte Ort liegt unterirdisch im Hofe seines Palastes«, erklärte er mir.

Der Fischer benutzte den kleinen Fisch als Lockvogel für die eigentlich erwünschte Beute. Und das alles in seinem Territorium. In meiner Vision war ich schon bei Shane gewesen. Ich brauchte nur etwas mehr Konzentration und Kraft und ich könnte wirklich bei ihm sein und ihn endlich retten.

»Jetzt kennen wir den genauen Standort. Ich hole ihn, wenn ich nicht rechtzeitig zurück bin, dann ...«, murmelte ich und malte mir aus, welche Gefahren vor mir lagen. Eigentlich konnte mich niemand erwischen: Der Zeitsprung würde mich in seine Zelle führen, ich würde Shane berühren und dann sofort mit ihm hierher zurückkehren.

»Dann was? Dann bist du vielleicht tot. Und Shane auch«, zischte Hojono und riss mich mit seinen Worten aus meinen Gedanken. »Du bist zwar nicht meine Tochter, aber meine Aufgabe ist und war es immer, dich zu beschützen! Ich habe Fehler gemacht. Ich habe aufgegeben. Aber ich lerne daraus und ich weiß, dass es ein Fehler wäre, dich allein gehen zu lassen.« Er hatte sich aufgerichtet, sein Atem ging schneller, seine Stimme war stark und seine Worte weise.

Ich nickte und war sprachlos. Ich wusste, dass er recht hatte.

Wir schwiegen einige Momente. Wie würden wir jetzt Shane retten?

»Ich besitze ein Raumschiff, das uns zum Mars bringen kann. Meine Astronauten und Spezialisten kümmern sich um die Ausstattung und werden den Start vorbereiten. Die Reise dauert jedoch drei Tage. Aber ich bin überzeugt, dass während dieser Zeit Shane nichts geschehen wird«, sagte er.

Mein Blick wanderte zu Ynda, die sich bescheiden zurückgehalten hatte und uns beide ehrfurchtsvoll anblickte. Langsam näherte sie sich meinem Bett und ihre Augen wanderten von Hojono zu mir.

»Du musst wissen, dass deine linke Rückenhälfte mit Prellungen übersät ist. Meine Kollegen und ich haben dir Spritzen gegeben, die den Schmerz um Einiges lindern sollen. Während du schläfst, hält dich dieser Apparat so, dass du dich nicht auf den Rücken drehen kannst. Du hast viele Kratzer und einen Bänderriss am rechten Fuß. Außerdem ist deine linke Hand verstaucht«, erklärte sie mir und drehte sich dann zu Hojono um. »Passen Sie gut auf sie auf. Entschuldigen Sie mich, ich muss gehen.«

Hojono nickte und Ynda ging rasch aus dem Zimmer.

Ich hielt meinen Blick auf den Boden gerichtet und atmete einige Male ein und aus.

»Wir geben Shane nicht auf. Wir halten zusammen«, sagte Hojono und flüsterte dann: »Du bist der größte Schatz und niemand wird dich je besitzen können.« Dann verließ er mit einem Lächeln das Zimmer.

*

Das Echo vieler Schritte hallte im ganzen Saal und legte sich schließlich wie eine dünne Schicht auf die Wände, Bilder und Säulen, die sich in dem Raum befanden. Vier Personen stiegen in einen Aufzug, davon eine Frau mit rosafarbenen Haaren und grauen Augen. Im Licht des Aufzugs sah sie ernst aus. Ihre Augen schienen ein fernes Ziel zu fixieren, ihr Kiefer war zusammengepresst und man konnte kein Gefühl und keinen Gedanken hinter dieser perfekten Fassade entdecken.

Mit geschmeidigen, langen Fingern strich sie über den Bildschirm und gab dann ein Passwort ein.

Kurz danach öffneten sich die Türen und sie stieg zusammen mit den drei Männern, die sie beschützten, aus. Ein helles Licht strahlte auf sie herab und sie wirkte wie ein Engel. Sie schloss für einen Augenblick ihre Augen, und als sie sie wieder öffnete, wirkte das Grau in ihnen weicher. Ihre Gesichtszüge entspannten sich und auf ihrem blassen Gesicht zeichnete sich ein friedliches Lächeln beim Anblick ihres Gartens.

Das Gras war seit Langem nicht mehr gemäht worden: Löwenzahn, Unkraut und Blumen wuchsen frei und wild.

Sie war glücklich und fühlte sich frei.

Sie trug eine eng anliegende, dunkle Hose mit einem panzerartigen, schwarzen Oberteil, das sie auszog. Darunter war ein weißes Hemd zu sehen.

Erleichtert atmete sie tief ein und aus.

Sie ging los und die Männer folgten schweigend.

Die Luft war wunderbar und sie enthielt ein Parfüm frischer, kräftiger Erde. Ein großer Baum bot einen ruhigen, schattigen Platz und seine Blätter trugen eine weiche, hellgrüne Farbe. Die Äste schienen nicht wie dünne Knochen daran zu hängen, nein, sie streckten sich in die Höhe, man konnte fast meinen, dass man ihre Adern und Muskeln sah. Der Baum schien im gleichen Rhythmus wie die Frau zu atmen, doch anstatt sich zu ihm zu wenden, drehte sie sich nun zu ihrer rechten Seite, wo sich wildes Gebüsch befand.

Plötzlich rannte sie los.

Diese schwarz-weiße Gestalt schien wie ein fantastisches Wesen umher zu schweben. Fiktion und Realität verschmolzen.

Sie war so glücklich, dass sie an gar nichts dachte.

Auf einmal stieß sie gegen etwas Unbekanntes und fiel zu Boden. Ihr Glück war verflogen.

Als sie sich aufrichtete, begegnete ihr Blick dem eines Mannes. Er war ihr fremd und sie schreckte zunächst zurück. Niemand hatte sie je so erlebt.

Niemand war je hier gewesen und außer den drei Wächtern wusste niemand, dass es diesen Ort gab.

In seinen Augen zeichneten sich Verwirrung und Scham ab und augenblicklich beugte er sich nach vorne.

»Entschuldigen Sie. Ich ...«, stammelte er, aber er brachte keinen Ton mehr heraus. Er sah ihr in die Augen und seine Faszination war wohl kaum zu übersehen.

Sie sah ihn sprachlos an. Er war anders. Sie merkte es sofort und fühlte sich im tiefsten Inneren ihres Herzen von ihm angezogen. Das Grün seiner Augen war ungewöhnlich und seine Körperhaltung, Kleidung, einfach alles unterschied ihn von den vielen Tausenden, Millionen anderer Männer.

Sie merkte, wie unangenehm es dem Fremden war, sie umgestoßen zu haben und dass er vor Blamage und Bewunderung kein Wort herausbekam. Sie nahm die Situation wieder in die Hand und schluckte ihre eigene Faszination herunter.

»Es ist nichts geschehen. Ich verzeihe Ihnen«, sagte sie. Ihre Stimme hatte wieder die Contenance einer Herrscherin erlangt.

Ihr Blick sank zu Boden und keiner der beiden traute sich, ein Wort zu sagen.

Sie schwiegen. Die Anziehungskraft zwischen diesen beiden Wesen wurde immer stärker, je länger sie beide darauf warteten, dass der andere reagierte.

»Mein Name ist ...«, fing der junge Mann an und sie hob erwartungsvoll ihren Blick.

»Ja?«, ertönte ihre Stimme und sie lächelte ermutigend.

Er zögerte und sein Blick wurde für einen Augenblick dunkel und mysteriös.

»Amanus-Khainu«, brachte er letztendlich heraus. »Ihren Namen kenne ich, Herrscherin.«

Sie lachte und er fühlte sich immer sicherer in ihrer Umgebung.

»Aprilya, bitte«, hauchte sie.

*

Ich wachte mit weit aufgerissenen Augen auf.

Mir war heiß und ich schien immer noch seitlich an das Bett gefesselt zu sein. Ich atmete schnell und unregelmäßig.

Was war das für ein Traum gewesen? Und warum empfand ich irgendwie Furcht?

Wer war Amanus-Khainu? War er mein Vater?

Die Fragen reihten sich aneinander und ich verlor den Überblick. War es Hojono gewesen? Nein, so sah er gar nicht aus. Er hatte kein langes Gesicht, keine dunkelblonden, leicht gelockten Haare, die einen goldenen Rahmen rund um sein Gesicht bildeten.

Diese Gestalt wollte nicht vor meinen Augen verschwinden. Ich empfand ein merkwürdiges Gefühl tiefer Angst und ehrfürchtiger Ergebenheit. Es war dunkel, ich sah nichts und Panik stieg in mir auf.

»Hojono!«, schrie ich, doch ich bekam keine Antwort. Ich versuchte mich zu bewegen, um meine Freiheit zu erlangen, aber es war vergebens.

Plötzlich öffnete sich die Tür. Als eine Gestalt eintrat, schaltete sich das Licht an.

Ich blinzelte einige Augenblicke, bevor ich mich an die Helligkeit gewöhnen konnte.

Ich erkannte Hojono und war erleichtert.

»Rhapsody, was ist los?«, fragte er besorgt. Er hatte sich hingekniet, um mich auf Augenhöhe anzusehen.

Seine Augen waren ehrlich. Aber was sollte ich ihm über Amanus-Khainu erzählen? Es war ein Traum gewesen. Nichts weiter.

»Kannst du mich bitte befreien? Ich halte das nicht mehr aus«, antwortete ich und schüttelte mich ein bisschen, um ihn auf das Gerät aufmerksam zu machen. Außerdem musste ich auf die Toilette und hatte ein dringendes Bedürfnis nach einer Dusche.

»Ähm ... es ist so Rhapsody, ich weiß nicht so recht, ob das in Ordnung geht, denn ...«, stammelte er, doch ich hörte gar nicht mehr zu. Das Zimmer war ja ganz anders. Die Wände trugen ein zartes Beige und es war sehr viel kleiner, als ich es in Erinnerung behalten hatte. Das Fenster fehlte und auf meiner gegenüberliegenden Seite erkannte ich eines dieser lebendigen Bilder, denen ich schon einmal begegnet war. Man musste die Hand darauflegen und eine Tür würde sich blitzschnell öffnen.

»Wo sind wir?«, fragte ich misstrauisch.

»Wir befinden uns in meinem Raumschiff. Wir sind vor Kurzem gestartet«, antwortete mir Hojono.

»Ich habe den Start eines Raumschiffes *verschlafen*?«, schoss es aus mir heraus.

»So schlimm ist das nicht. Du wirst sicher noch eine Gelegenheit haben, einen Start mitzuerleben. Das ist auch nicht so interessant. Am besten ist es, wenn man die Erdatmosphäre verlässt«, erklärte Hojono voller Enthusiasmus.

»Hojono, bitte befreie mich von diesem Gerät«, sagte ich verzweifelt. Doch er schien hin- und hergerissen. Er war verwirrt und wusste wohl nicht, welche Entscheidung er treffen sollte.

»Es ist kein Problem, Hojono. Sie riskiert nichts mehr«, ertönte eine Stimme hinter ihm.

Es war die einer Frau und definitiv nicht die von Ynda oder Richana.

Hojono beugte sich kurz über mich, um den Griff des Geräts zu lockern und mir dadurch die Freiheit zu schenken. Dann griff er mich so, dass ich eine Sekunde später aufrecht im Bett saß. Schmerzen durchfuhren meinen Rücken, doch das war nicht halb so schlimm wie das, was mich erwartete.

Denn dann sah ich sie. Der Schrecken in Person. Na ja, den hatte ich ja eigentlich schon in Ponally gesehen. Aber sie war tot und diese Frau nicht.

Sie hatte eine prächtige, rote Mähne. Ihr Pony war perfekt auf den Zentimeter genau geschnitten worden und ihre Haare glitten über ihre Schultern wie geschmolzenes Eisen.

Sie trug etwas ganz Merkwürdiges. Ein durchsichtiges Hemd, das ein fluoreszierendes, grasgrünes Top offenbarte. Dazu einen schwarzen, eng anliegenden Rock mit peperoniroten High Heels. Doch es war nicht wirklich ihr Outfit, das sie so abstoßend machte, sondern ihr Gesichtsausdruck. Ihre Augen waren halb geschlossen, stark geschminkt, und ihre Lippen zu einem bösen, rachsüchtigen Lächeln geformt.

»Darf ich dir Satani vorstellen? Sie ist Expertin für Mondmenschen«, kündigte Hojono an.

Ich wusste zwar nicht, was es war, aber irgendetwas sagte mir, dass dieser Frau nicht zu trauen war.

Und ich hörte auf mein *irgendetwas*.

»Wo ist Ynda? Ich dachte, sie würde mich ärztlich betreuen«, fragte ich, während ich Satanis Blick standhielt.

»Ja, aber Ynda ist Ärztin und Satani Lunehumanologin. Es kann durchaus sein, dass Shane diese Hilfe benötigen wird«, antwortete Hojono.

»Du bist also Rhapsody«, sagte Satan mit einem »i« hintendran. Ihre Stimme war dunkel und erbarmungslos. »Hm, ungewöhnliche Augenfarbe, nicht wahr?« Ich wusste ganz genau, dass dies pure Bosheit war.

»Ich glaube nicht, dass dies für Shanes Gesundheitszustand eine Rolle spielt«, zischte ich. Mittlerweile hatte ich es geschafft, aufzustehen. Ich trug eine Schiene am rechten Fuß, aber ich konnte laufen.

»Entschuldige«, schnarrte sie.

»Entschuldigen *Sie*«, betonte ich. »Wir wollen ja nicht unhöflich sein.«

Unsere Blicke trafen wie Blitze aufeinander.

Sie hatte braune Augen, aber mit einem merkwürdigen Grün vermischt, was sie wie mit Schlamm gefüllt aussehen ließen. So wie ihre Seele.

Hojono räusperte sich, aber ich wandte meinen Blick nicht von Satani ab. Natürlich fühlte ich mich schwach, meine Beine drohten sich in weich gekochte Nudeln zu verwandeln, aber ich war wütend und ich würde sicher nicht vor *ihr* aufgeben.

Erst jetzt bemerkte ich, dass auf meiner rechten Seite drei andere »Bilder« aneinandergereiht waren.

Hojono legte seine Hand auf das Bild links außen. Ich stellte fest, dass sich diesmal nicht irgendwo eine Tür öffnete, sondern sich die Wand hinter dem Bild langsam zu drehen begann, als ob sie etwas Anderes dahinter entblößen wollte …

Es war ein Schrank. Auf einem Regalbrett lag ein Stapel schwarzer Klamotten, gleich darunter standen ein Paar Stiefel, die als solche schwer erkennbar waren. Diese Schuhe ähnelten eher zwei Rohren, die nach der L-Biegung zugestopft worden waren. Ich runzelte zweifelnd die Stirn.

Hojono holte die Sachen heraus und legte sie auf mein Bett.

»In Mortoriva herrschen -70° Grad Celsius. Du trägst einen Anzug, der sich der Außentemperatur und deinen eigenen Körperbedingungen anpasst. Du ziehst außerdem eine Maske an, um die eisige Luft nicht einatmen zu müssen. Ruf nach mir, wenn du etwas brauchst. Wenn du deine Hand auf das rechte *Imaga* legst, kannst du in das …«, Hojono schien angestrengt über das nächste Wort nachzudenken, »Wasserzimmer gelangen.«

Was war ein Wasserzimmer? Meinte er damit eine Dusche, ein Bad?

»Du meinst das Badezimmer, oder?«, erkundigte ich mich.

»Ja, genau! Auf Terryanisch gibt es gar kein Wort dafür. Kaum einer geht noch in ein Badezimmer. Dafür gibt es Tabletten, die alles so verarbeiten, dass es diese Unannehmlichkeiten nicht mehr gibt«, erwiderte Hojono.

Das war zu viel für mich. Es gab keine Toiletten mehr? Und was war »Terryanisch«? Die letzte Frage stand mir wahrscheinlich auf der Stirn geschrieben.

»Terryanisch ist die Sprache, die jeder auf der Erde sprechen können muss. Es gibt drei Stufen. Zuerst gibt es *Simpla*, was wir als die einfachste Stufe betrachten. Wer diese nicht kennt, kann nicht kommunizieren. Dann gibt es *Oidylle*, die die Mehrheit der Menschen beherrscht. Sie dient eher als Schriftsprache. Doch *Baiti* ist die schwierigste Stufe. Wenige lernen diese freiwillig. Das Wort bedeutet Schönheit. Als ob Terryanisch eine Blume wäre und Baiti dessen Blüte«, beendete Hojono seine Erklärung.

Es piepte kurz und unsere ganze Aufmerksamkeit konzentrierte sich auf Satanis rechten Arm.

Sie zog ihren Ärmel hoch, blickte auf das schwarze Armband, das sich über ihren ganzen Unterarm erstreckte, und klickte darauf herum.

Ohne ein Wort zu sagen, drehte sie sich um, legte ihre Hand auf das Imaga und verließ das Zimmer.

»Sie ist reizend, nicht wahr?«, flüsterte Hojono mit einem Lächeln.

»Ja, sie kann mich gut reizen«, beteuerte ich. Er lachte kurz, gab mir zu verstehen, dass er auf mich warten würde, und verließ den Raum.

Vorsichtig stand ich auf und humpelte mit Schmerzen, die sich wie Muskelkater anfühlten, zum rechten Imaga. Das Badezimmer sah tatsächlich aus wie das, das die Menschen im 21. Jahrhundert gekannt hatten.

Es gab zwar keine Dusche, aber eine Toilette und einen Wasserhahn, der sich automatisch anschaltete. Das Wasser war lauwarm und ich wusch mir das Gesicht. Ich fühlte mich danach gleich ein wenig wohler.

Als ich in den Raum zurückkehrte, bemerkte ich, dass das Zimmer bis auf ein »schwebendes« Bett auf zwei Glaspfosten und ein Brett, das wohl als Nachtisch dienen sollte, leer war.

Doch als mein Blick auf die Klamotten fiel, musste ich lächeln. Das letzte Mal, dass Kleidung sauber gefaltet für mich da gelegen hatte, war in meiner »Zelle« in Richanas Palast gewesen, als Shane mir dieses lächerliche Outfit gegeben hatte.

Er hatte sich seitdem total verändert: Zuerst motzig und unverschämt, dann freundlicher, aber er-

barmungslos und zuletzt verständnisvoll und sensibel
– natürlich nicht zu sehr, sonst wäre es ja nicht Shane. Das war eine merkwürdige Entwicklung. Ich würde
ihn um eine Erklärung bitten müssen, sobald er wieder in Sicherheit war.

Während ich so nachdachte, hatte ich mich
angezogen. Ich sah aus wie immer: schwarze, eng anliegende Klamotten. Doch die Stiefel waren ein
Abenteuer. Sie schmiegten sich nämlich an meine Füße, sodass sie automatisch die richtige Größe hatten.
Sonst waren sie nicht weiter chic.

Ich legte meine Hand auf das Imaga, dessen System
ich eigentlich immer noch nicht verstanden hatte.
War es so schwer, eine ganz normale Türklinke einzubauen?

Ich trat in einen Flur. Er war nicht wirklich oval,
aber die Wände schienen leicht gebogen zu sein und
die Decke war nicht sehr hoch. Hojono stand auf der
anderen Seite gegen die Wand gelehnt und klickte auf
seinem Armband herum.

Plötzlich blickte er auf und schenkte mir ein
Lächeln. Ich konnte es nicht erwidern, denn mein
Rücken machte mir zu schaffen und es war ziemlich
schwer mit einer Schiene am Bein voranzukommen.

»Ist alles in Ordnung?«, fragte Hojono voller Sorge.

»Mir tut einfach alles weh«, gab ich zu. Er nickte
und tippte auf sein Armband.

Auf einmal tauchte hinter mir eine Art schwebender Stuhl auf. Was mir mehr Angst machte, war, dass er sich hin und her bewegte. Als ob er einen Magnet innehätte, der sich dem Boden auf keinen Fall nähern wollte. Trotz dieser Wackelei nahm ich den Sitzplatz gerne an. Lustigerweise sank er durch mein Gewicht nicht runter, sobald ich auf ihm saß. Es tat zwar weh, mich anzulehnen, aber ich schien keine Wahl zu haben. Der Stuhl setzte sich in Bewegung und Hojono ging schweigend neben mir her. Wir bogen einige Male ab und blieben letztendlich vor einer Türversion eines Imaga stehen.

»Was ist das?«, fragte ich misstrauisch.

»Die Funktionen ähneln denen eines normalen Imagas. Nur ist es größer«, antwortete mir Hojono. Doch als er mich ansah, verstand er, dass ich keine Ahnung hatte, wie ein normales Imaga funktionierte.

»Sobald man das Imaga berührt, liest es die DNA und kann deshalb entscheiden, ob es denjenigen hereinlassen darf oder nicht. Bei diesen Exemplaren ist das System ein bisschen entwickelter. Es liest die Mikrochips, die wir alle in unseren Körpern haben. Dadurch weiß es sogar, wenn hier jemand eindringen würde und könnte einen lautlosen Alarm verursachen.«

»Einen lautlosen Alarm? Dann ist es doch gar kein Alarm mehr«, widersprach ich.

»Naja, die Person, die sich eigentlich verstecken wollte, weiß somit nicht, dass ihre falsche Identität aufgeflogen ist. Sie verfolgt also ihren Plan, ohne zu fliehen. So erwischen wir den Täter, bevor es zu spät ist.«

Hojono lächelte, legte daraufhin seine beiden Hände auf das Imaga, das sich danach wie ein elektrischer Vorhang zur Seite schob.

Aber was ich danach erblickte, machte mich für einen Augenblick atemlos.

Es war ein Déjà-vu.

Der Kontrollraum sah genauso aus, wie der in Yieros Raumschiff. Ich überlegte kurz, ob ich mich nicht doch in einem Traumzustand befand.

Aber nein. Die Menschen waren lebendig, die Töne der Computer ergaben eine Melodie, die klang, als ob ein Kleinkind auf einem Klavier herumklimperte.

»Warum sieht es hier genauso aus wie in Yieros Raumschiff?«, brachte ich heraus und inspizierte den Ort.

»Ein Kollege baut diese Raumschiffe und hat mir vor langer Zeit eines geliehen. So können wir unbemerkt in Mortoriva landen. Und wegen der Schwerelosigkeit brauchst du dir keine Sorgen zu machen: Der Boden hat seine eigene Anziehungskraft, sodass wir nicht herumschweben müssen«, meinte er. Doch dann realisierte er etwas und blickte mich geschockt an. »Woher weißt du, wie Yieros Raumschiff von innen aussieht?«, fragte er.

Da fiel mir ein, dass ich ihm überhaupt nicht erzählt hatte, was Shane und mir passiert war. Er hatte mir blind vertraut. Ohne jeden Beweis, ohne jede Erklärung, war er sofort aufgebrochen, um mir zu helfen, Shane zu retten.

Was für ein Vater, flüsterte eine Stimme in mir.

Ich fasste kurz zusammen, was Shane und ich erlebt hatten, seit wir mit Hojonos Lamborghini durch die Mauer gefahren und in den Fluss gestürzt waren. Ich ließ während meiner Zusammenfassung meinen Blick um mich schweifen und merkte, dass mehrere Leute zuhörten und mich mit offenem Mund erstaunt ansahen.

Es gab nur zwei Dinge, die ich auslieSs: Prylia und was Shane und ich im Strandhaus gemacht hatten.

Das ging schließlich nicht gerade jeden etwas an.

Als ich schwieg, ruhten noch viele Blicke auf mir, als ob sie noch etwas erwarteten. Schließlich wandten sie sich wieder ihrer Arbeit zu. Nur Hojono starrte mich noch an.

Im nächsten Moment spürte ich, wie er mich in seine Arme schloss. Ich erwiderte seine Umarmung und mir stockte der Atem. Etwas in mir verkrampfte sich und meine Tränen wollten wie Wasserfälle meine Wangen herunterfließen, denn ich fühlte die Liebe eines Vaters, die ich so noch nie zuvor empfunden hatte.

»Ich bin so glücklich, dass dir nichts geschehen ist«, flüsterte er.

Als er mich losließ, sprachen ihn zwei Menschen auf Terryanisch an. Er sah ernst aus, nickte und erwiderte etwas.

Plötzlich drehte er sich um und schenkte mir sein schönstes Lächeln.

»Wir verlassen in ein paar Minuten die Atmosphäre. Möchtest du an diesem Wunder der Natur teilnehmen?«, fragte er mich.

Wir schauten auf der gegenüberliegenden Seite durch ein Fenster. Der Himmel verwandelte sich von einem weichen, hellen Blau in ein dunkles, verführerisches Meer.

»Der Kontrollraum ist ganz oben positioniert. Er ist der wichtigste Ort des Raumschiffs. Außerdem hat man von hier aus die schönste Aussicht«, sagte Hojono. »Nun genieße.«

Mein Blick wanderte ins unendliche Nichts.

Ich näherte mich der gefährlichen Freiheit.

Kapitel 3

Die Atmosphäre erinnerte an stilles Wasser, die den immer dunkler werdenden Himmel spiegelte. Sie war dick, geleeartig und drohte bei jeder Berührung den Feind in sich aufzusaugen. Sie erfüllte das ganze Blickfeld. Sonst gab es nichts zu sehen.

Plötzlich wurde das Schweigen dieses Meeres durchbrochen. Grelles Licht griff alles in seiner Umgebung an und ließ erblinden.

Die Farben veränderten sich. Leuchtendes blutrot wurde weinrot, walnussbraun, flammenorange, verringerte sich zu einem blitzenden Bonbongelb bis zu einem hellen Apfelgrün und verwandelte sich in Waldgrün, Tiefseeblau, Diamantenblau und zuletzt in ein brennendes Orchideenviolett.

Blitzweiß beendete den Wandel von Zeit und Raum. Ein dunkles Nichts mit goldenem Schimmer erfüllte die Unendlichkeit.

Ich wagte es, zu atmen. Das war kein Zeitsprung gewesen, aber es hatte sich gewaltiger, größer und mächtiger als dieser angefühlt.

Wir hatten einen Planeten verlassen, eine Welt, eine Dimension.

Mit einem Male verblasste die Erinnerung an dieses Erlebnis und ich spürte Realität.

Schmerz, Sorge und Sehnsucht.

Ich schwankte, drehte mich panisch um und entdeckte eine schwarze Mauer. Auf meiner linken Seite sah es genauso aus und rechts neben mir stand Hojono, der mit weit geöffneten Augen aus der Scheibe blickte.

»Hojono, wir sind eingesperrt! Ich weiß nicht … was … warum?«, stammelte ich, wirbelte mehrmals herum.

Ich hatte Angst. War das eine Falle gewesen? Würde sich Hojonos Freund, der ihm das Raumschiff geliehen hatte, als einer von Yieros Anhängern entpuppen? Wie sollten wir dann Shane retten?

Ich hämmerte schon gegen die Wände, als Hojono wieder in die Gegenwart zurückkehrte und meine Anwesenheit wahrnahm. Er schreckte aufgrund des Lärms auf, beruhigte sich aber wieder und brachte mich dazu, aufzuhören.

»Es ist alles in Ordnung. Diese Mauer hat sich um uns geschlossen, damit die Menschen im Kontrollraum nicht vom Licht abgelenkt werden«, erwiderte Hojono und drückte auf einen seiner Armbandknöpfe. Wie Richanas Glasaufzug um ihren Sessel herum erhob sich nun die dunkle Schicht um uns und fuhr in die Decke ein.

Alle Blicke schienen auf die Bildschirme geheftet zu sein. Ich nahm sie mittlerweile als Bildschirme wahr, obwohl es nicht wirklich welche waren. An den Wänden entlang sah man einen dunklen, dicken Balken, der jedoch mit Lichtern, Symbolen und vieles mehr geschmückt war.

Die Menschen saßen auf schwebenden, weißen Stühlen vor grauen Tischen, die teilweise aus Touchscreens, die sie parallel zu den Bildschirmen vor ihnen benutzten, bestanden.

Erst jetzt bemerkte ich, wie sich ein junger Mann an seine linke Stirnhöhle fasste, um an einem runden, dort angebrachten Chip herumzudrehen. Es gab noch einen anderen auf der rechten Seite.

»Was um alles in der Welt ist das?«, brachte ich heraus und fürchtete mich vor einer gruseligen Antwort.

»Diese zwei Chips dienen als Sender. Das Bewusstsein steht ihnen frei zur Verfügung, theoretisch können sie Gedanken lesen. Aber eigentlich nehmen sie nur die elektrischen Neuronachrichten wahr, die Befehle erteilen. Diese werden zur Informationsfläche weitergeleitet und ausgeführt«, antwortete Hojono.

Ich nahm an, dass Hojono mit *Informationsfläche* den Bildschirm meinte.

Mein Blick wanderte weiter. In der Mitte gab es eine ähnliche Einrichtung, nur ohne Bildschirme an einer Wand. Die Tische waren aneinandergereiht und bildeten somit einen Kreis.

Als Shane und ich in Yieros Raumschiff verschleppt worden waren, hatten wir uns unter genau solchen Tischen versteckt, wenn auch nur für kurze Zeit.

Mein Atem stockte, ich schloss meine Augen und konzentrierte mich. Shane tauchte auf, immer noch regungslos, und genau in derselben Position wie zuvor. Ihm war nichts Weiteres zugestoßen.

Als ich meine Augen öffnete, befand ich mich nicht mehr im Kontrollraum.

Nach ein paar Sekunden hatte ich mich an die Dunkelheit gewöhnt und erkannte unzählige weiße, blaue und goldene Pünktchen. Es war eine Vision: Es würde sich eine Katastrophe im Universum abspielen.

Ganz links rückte plötzlich ein schwarzes Raumschiff ein. Es war in einen goldenen Lichtschein getaucht.

Von außen sah es genauso aus wie Yieros Raumschiff. Es hatte eine Schmetterlingsform, die aus langen Fluren und den dazwischen geparkten Motorrädern bestand.

Da tauchte von der rechten Seite ein zweites Raumschiff auf. Seine Form ähnelte der eines gigantischen, silbernen Bleistiftes, doch die Spitze war ein Loch, das sich als eine Art Kanonenöffnung entpuppte.

Wieder einmal schien mir eine geheime Macht Wissen zu schenken und ich verstand, dass in dieser Vision das schwarze Raumschiff nicht Yieros, sondern unseres war. Im selben Augenblick schoss ein brennender Feuerball aus dem silbernen Schiff. Der Angreifer wurde dabei aus meinem Blickfeld hinauskatapultiert, während das Opfer mitten ins Herz getroffen wurde. Zuerst explodierte der vordere Teil, dann der hintere. Blau-orangefarbene Flammen ließen sterben, was einst lebte. Tief einatmend, kehrte ich in die Gegenwart zurück.

»Wir werden angegriffen«, hauchte ich.

Einige Menschen fingen an zu flüstern und man spürte die Spannung in der Luft. Sie schienen mir zu glauben. Ich blickte in ihre Augen und erkannte Hoffnung auf Hilfe und Rettung. Ich sollte sie von der quälenden Angst, gefangen genommen und beherrscht zu werden, befreien. Denn ich war das, was man einst einen Mondmenschen hatte nennen können.

»Ich habe es gesehen. Ein silbernes Raumschiff kommt auf uns zu. Es wird *alles* vernichten«, sprach ich weiter. Zahlen flogen durch mein Gedächtnis. »Wir haben noch fünfundzwanzig Minuten.« Von überall erklangen überraschte und panische Laute. »Wir müssen sofort umkehren. Sonst haben wir keine Chance. Es steuert geradewegs auf uns zu.«

»Das geht nicht, Rhapsody. Das Raumschiff hat gerade die Erdatmosphäre verlassen, es muss abkühlen. Außerdem sind wir auf maximaler Geschwindigkeit, unsere Lebensbedingungen werden mit denen des Weltalls verknüpft. Wir brauchen mindestens eine Stunde, bis wir zurück können«, erklärte Hojono.

»Aber wir *müssen*, sonst sterben wir!«, widersprach ich.

»Ich glaube, du irrst dich«, ertönte plötzlich eine süffisante Stimme.

Ich drehte mich zu meiner Linken und da stand Satani. Ihr langer, dürrer Zeigefinger zeigte auf einen Bildschirm.

Alle blickten sie atemlos an.

Wie konnte sie mir widersprechen? Sie ließ ihre Kollegen glauben, dass ich lügen würde. Warum sollte ich?

Auf dem Bildschirm erkannte ich einen Radar. Er bestand aus mehreren Kreisen, die in der Mitte klein waren und dann immer größer wurden. Der grüne Punkt auf der linken Seite war offenbar unser Raumschiff, aber auf der rechten war nichts zu sehen.

»Dies ist ein Radar, der Raumschiffe in einem Umkreis von zehntausend Kilometern aufspürt. Selbst mit der bis jetzt höchsten Geschwindigkeit eines Raumschiffs könnte dein silberner Feind niemals in fünfundzwanzig Minuten nah genug sein, um unser

Raumschiff zu treffen. Deshalb gehe ich davon aus, dass du dich irrst«, meinte sie und lächelte zufrieden nach ihren letzten Worten.

Ich schüttelte fassungslos den Kopf. Mein Kiefer war zusammengepresst und die Wut pochte in mir. Ich war zum ersten und hoffentlich letzten Mal glücklich darüber, dass Shane nicht da war. Sonst hätte ich ihn sofort aufgefordert, diese Teufelin in die Hölle zurückzuschicken.

Ich atmete mehrere Male ein und aus. Ich wusste, dass jede Sekunde zählte, und ich war nicht stark genug, die Zeit aufzuhalten.

Aber ich konnte nicht zulassen, dass Satani mich als Lügnerin bezeichnete.

»Schau dich um«, zischte ich und ließ ihr die Zeit, die anderen anzusehen, was sie nicht tat. »Schau dich um!«, schrie ich und diesmal würdigte sie die anderen ihres Blickes. »Mondmenschen kamen, um zu helfen. Sie haben sich mit den Menschen vermischt, haben schlechte Eigenschaften gesammelt und Missverständnisse provoziert. Yiero ist ein böser Mondmensch, aber ich nicht und ich würde niemandem Angst einjagen, jemanden zu Tode erschrecken oder anlügen, wenn es um *Leben* geht. Ich sehe, dass das Raumschiff nicht auf eurem tollen, hoch entwickelten Radar erscheint, aber ich weiß, dass Yiero ein bisschen klüger ist als wir, denn er hat eine Waffe gebaut, die darauf nicht zu sehen ist. Ich kann ganz genau sagen, wo sie ist.«

Meine Stimme klang stark und selbstsicher, auch wenn sie zitterte. Nun gab ich die genaue Position laut wieder.

Die Symbole auf dem Bildschirm veränderten sich. Satani stand regungslos da. Ihr Lächeln war vergangen und ihre Augen funkelten voller Unmut.

Die Menschen sprachen Terryanisch und riefen durcheinander.

Ich spürte eine Hand auf meiner Schulter, wirbelte panisch herum und blickte direkt in Hojonos braune, weiche Augen.

»Du hattest recht. Wir können das Schiff erspähen. Nur der Radar zeigt es nicht an«, sagte er.

Ein junger Mann kam mit schnellem Atem und weit aufgerissenen Augen angerannt. Er wechselte ein paar Worte mit Hojono, der schweigend nickte.

»Rhapsody hat sich keineswegs geirrt«, murmelte er.

Nun brach Panik aus.

Der Raum versank in einem Wirrwarr von Stimmen, die verzweifelt nach Hilfe schrien. Alle schienen unvorbereitet. Sie wussten nicht, wie man mit einer Notsituation umgehen sollte, und ihre jungen, unschuldigen Gesichter schienen mit ihrem immer näher rückenden Tod schnell zu altern.

Zu oft war mir die Macht über das Schicksal entwischt. Aber ich wusste, dass ich die Einzige war, die diesen Menschen hier helfen konnte.

Auf einmal schoss mir eine Idee durch den Kopf. Sie war simpel, doch risikoreich. Hojono würde es nie akzeptieren.

Aber diesmal ging es nicht nur um mich, sondern um eine ganze Gemeinschaft.

»Moment!«, schrie ich in die Menge, aber nur wenige verstummten und verharrten. »Ich werde das silberne Raumschiff ablenken. Sie werden wenden und wir werden unseren Kurs behalten.«

Hojonos Gesicht wurde blass und seine Augen öffneten sich weit.

»Niemals! Es wird unmöglich sein, *La Mort* abzulenken. Dieses Raumschiff ist leider berühmt dafür, keinen einzigen Überlebenden an Bord zu lassen«, ertönte Hojonos kräftige Stimme im Chaos der anderen. Langsam wurden die aufgeregten Diskussionen zu einem erschütterten Murmeln.

»Rhapsody, ich werde dich nicht alleine gehen lassen. Wie stellst du dir das vor? Sie töten *jeden*, der ihnen im Wege steht. Möchtest du dich als Zielscheibe präsentieren?«

Seine allergrößte Angst war, mich zu verlieren.

Er reagierte wie ein Vater und ich konnte es nachvollziehen. Aber dies war unsere einzige Chance, irgendjemanden auf diesem Schiff lebend nach Hause zu bringen.

»Vertraue mir, Hojono. Sie wollen mich nicht ermorden. Sonst hätten sie es schon längst getan. Aus irgendeinem Grund wollen sie mich haben, aber dafür müssen sie mich erst einmal in die Finger kriegen«, sagte ich selbstbewusst.

Hojonos Gesichtszüge veränderten sich nicht. Er starrte mich an. Er war hin und hergerissen.

Er sah nach links und rief mit einem Handzeichen den jungen Mann zu sich. Hojono sprach mit ihm und er nickte. Dann rannte er eilig aus dem Kontrollraum.

Hojono rief etwas in die Menge und langsam verstummten die Stimmen.

»Rhapsody, Satani und ein paar ausgewählte Soldaten werden mich auf ein Rettungsboot begleiten. Du transportierst dann dies mit dem Zeitsprung in die Nähe von *La Mort*. So lenken wir es von diesem Raumschiff ab. Sobald es möglich ist, kehrt ihr um und begebt euch in Sicherheit. Wir kommen nach«, sprach Hojono. »Satani, du führst Rhapsody zum Rettungsboot 5. Ich komme gleich.«, befahl er ihr leise.

Ich musste lächeln. Er ließ mich gehen, aber nicht ohne ihn.

Doch Satani kam auch mit. Halb humpelnd, halb gehend folgte ich ihr. Der Gedanke, dass andere Menschen sonst sterben mussten, half mir dabei sehr. Zu zweit verließen wir den Kontrollraum, gingen durch einen grauen Flur, dessen Farbe mich stark an die Augen meiner Mutter erinnerte.

Wo mochte sie bloß sein? Ich wünschte, sie könnte mir helfen. Dann kamen wir an eine Kreuzung und bogen nach links, traten in einen engen, runden Aufzug und fuhren abwärts.

»Warum hast du mir vorhin nicht geglaubt?«, fragte ich sie herausfordernd. Doch meine Stimme klang etwas kleiner und schwächer als geplant.

»Manches bleibt unvorhersehbar«, erwiderte sie giftig und starrte geradeaus.

Irgendwie schien sie unantastbar zu sein. Sie war kalt wie Eis.

Trotz allem verstand ich ihre Antwort nicht. Mir war klar, dass sie einen doppeldeutigen Sinn haben musste. Sie spielte auf meine Visionen an, aber auch auf den Zweifel, dass ich die Macht hätte, das Schicksal anderer Menschen zu ändern.

Vielleicht konnte sie einfach nur nicht meine Frage beantworten.

Schweigend stiegen wir aus dem Fahrstuhl und befanden uns wieder in einem ovalen Flur. Am Ende gab es eine Tür, die so aussah, als sei sie ziemlich schwer zu öffnen.

Ein auf einem Pfosten installierter kleiner Bildschirm diente zur Passworteingabe.

Satani drückte zuerst einmal ihren Zeigefinger auf den Bildschirm und gab zügig eine Zahlen- und Wörterfolge ein. Die Tür öffnete sich langsam nach rechts. Sie offenbarte einen mittelgroßen, oval förmigen Raum, der diesmal in ein tristes Grau eingetaucht war.

Ich zählte zwanzig Sitze, zehn auf jeder Seite. Geradeaus vor mir gab es eine Tür, die sich wahrscheinlich seitwärts öffnen ließ. Die Sitze waren so gebaut worden, dass die Füße kaum oder knapp den Boden berühren konnten. Es gab zwar keine Gurte an den Sitzen, doch kleine Schlitze ließen vermuten, dass dort Schnallen herausfahren würden, sobald man sich hinsetzte.

Unter den Sitzen gab es weiße Schubladen, die Proviant und Medikamente verbargen.

Satani war schon eingetreten, während ich noch im Türrahmen stand und zögerte.

Ich hörte Männerstimmen hinter mir und erkannte Hojonos darunter. Die Soldaten und Hojono kamen näher und betraten mit mir das Raumschiff.

»Rhapsody, das sind unsere drei besten Soldaten. Sie begleiten uns, um dich zu beschützen. Die anderen beiden sind meine Co-Piloten. Wie viel Zeit haben wir noch?«, erkundigte sich Hojono.

»Vierzehn Minuten und sechsunddreißig Sekunden«, erwiderte ich.

Er nickte und ging mit den Co-Piloten nach vorne in das Flugzeugcockpit.

Hojono setzte sich auf den Sitz in der Mitte und die anderen beiden links und rechts von ihm. Die Tür schloss sich hinter ihnen.

»Bitte setzt euch, wir starten jeden Moment. Rhapsody, wenn ich »Jetzt« sage, transportierst du uns neben *La Mort*, ok?«, erklang Hojonos Stimme in Lautsprechern.

»Ja, kein Problem«, antwortete ich, während ich mich mit Satani und den drei Soldaten hinsetzte. Wie erwartet, fesselten mich Schnallen an den Sitz und ich spürte, wie mein Herz schneller schlug.

Stille breitete sich aus.

»Jetzt.«

Kapitel 4

Meine Hände lagen auf den Armlehnen meines Sitzes. Ich schloss meine Augen und ließ mich vom Gefühl der Freiheit verführen.

Mein geliebter Zeitsprung erschien, wild und schön zugleich. Er erinnerte mich an Shanes Augen und ein Lächeln huschte über mein Gesicht.

Mit einem Atemzug katapultierte ich uns ins Weltall, genau neben *La Mort*.

Ich öffnete meine Augen, als Hojono laut fluchte.

»Sie haben uns entdeckt!«, schrie er und ich spürte eine starke Wendung nach rechts. Was, wenn sie uns nun erschießen würden?

Nein. Ich musste etwas unternehmen. Ich wollte nicht sterben.

»Es tut mir leid, Hojono, aber mir bleibt keine andere Wahl«, murmelte ich und verschwand.

*

»Ich bin enttäuscht, Xaviero«, ertönte eine tiefe, autoritäre Stimme.

Das Zimmer war in gedämpftes Licht getaucht, so dass ich nicht viel erkennen konnte, außer zwei Gestalten, die sich gegenüberstanden. Die Schatten flackernder Flammen eines Kaminfeuers tanzten die Wände entlang. Rechts stand Xaviero. Er war zwar groß, breitschultrig und beängstigend, aber diesmal schien er dem anderen unterlegen. Doch die andere Gestalt konnte ich schlecht erkennen. Sie stand im Gegenlicht, vor dem Kaminfeuer.

»Es tut mir leid, Kriegsmeister Sonat. Sie ist geflohen und wir konnten sie nicht aufspüren. Seit mehr als drei Tagen suchen wir sie nun schon, aber sie scheint spurlos verschwunden zu sein«, erwiderte Xaviero.

»Wärst du kein Mondmensch, dann hätte dich Meister Yiero schon längst umgebracht«, zischte Sonat. »Aber sie wird kommen. Schließlich haben wir das richtige Druckmittel.«

Ich erstarrte. Es war offensichtlich: Sie sprachen über Shane und mich.

»Bis jetzt klappt Yieros Plan perfekt. Sobald sie in Mortoriva ist, beginnt die ...«, sprach Sonat, aber plötzlich entschied der Zeitsprung, mich zu offenbaren. Ich landete mitten im Raum, nicht weit von den beiden entfernt.

Xaviero erstarrte, während Sonat aus dem Schatten heraustrat und lächelte.

»Ich wusste, dass du zurückkehren würdest.«

*

Als ich meine Augen wieder öffnete, erblickte ich den Sternenhimmel.

Erst nach einigen Sekunden wurde mir bewusst, dass es sich um eine dunkelblaue, mit Sternenbilder geschmückte Decke handelte.

Ich lag auf dem Boden und nun schmerzte mein Rücken mehr denn je.

»Rhapsody!«, rief Hojono.

Seine Stimme erklang in den Lautsprechern und ich nahm meine Umgebung wieder wahr. Ich rollte zur linken Seite, als das Raumschiff wendete. Schnell richtete ich mich trotz meiner Schmerzen auf und hoffte, mich irgendwo festhalten zu können.

Aber ich befand mich in der Mitte und rutschte bei jeder Bewegung hin und her. Somit waren all meine Versuche, mich aufzurichten, vergeblich.

Plötzlich blieb es stehen. Vor lauter Schmerz konnte ich mich nicht bewegen und blieb liegen.

Aus meinen Augenwinkeln sah ich, wie sich eine Tür blitzschnell öffnete. Hojono stürmte heraus und kniete sich neben mich hin. Mehrere Köpfe versperrten mir die Sicht und mit Satanis Hilfe richtete Hojono mich in eine Sitzposition auf.

Ich stöhnte vor Schmerz.

»Sie haben gewendet und aufgehört zu schießen. Was ist passiert? Wo warst du?«, fragte Hojono, der mich in seinen Armen hielt.

»Ich weiß nicht genau, wo ich war. Ich wollte ins Raumschiff und das Schlimmste vermeiden. Dann habe ich Xaviero und Sonat gesehen. Sie haben über mich, Shane und irgendeinen Plan geredet. Sie haben mich gesehen und dann war ich plötzlich wieder hier.«

Alle wurden bleich im Gesicht und keiner traute sich, etwas zu sagen.

Vier Männer rückten etwas mitgenommen nach hinten, während Satani die Stirn runzelte und Hojono einfach nur den Kopf schüttelte.

»Sonat ist seit etwa einem Jahr tot. Bei einem Angriff starb er mitsamt seiner Besatzung in einem seiner Raumschiffe«, erklärte Hojono überrascht. »Aber es gibt Gerüchte, er lebe noch.«

Er zog seinen Ärmel hoch, tippte auf seinen Bildschirm herum und zeigte mir dann ein Porträt.

»Ist das der Mann, den du gesehen hast?«, fragte er und, obwohl ich ihn nur einige Sekunden hatte sehen können, bejahte ich.

Er hatte breite, muskulöse Schultern, einen runden Kopf mit starrem Kiefer, kleine Augen und dünne Lippen. Hinzu kamen blonde, ganz kurze Haare, die eher wie Bartstoppeln aussahen.

Yiero.

Meine innere Stimme flüsterte mir die Wahrheit zu. Was hatte es zu bedeuten? War Sonat etwa Yiero?

54

Oder hatte Yiero Sonats Gestalt angenommen?

Doch sobald ich versuchte, mich auf Yieros Erscheinungsbild zu konzentrieren, kam immer wieder das gleiche Bild.

Amanus-Khainu. Hinter diesem Namen und seinem Gesicht konnte ich das helle Lachen meiner Mutter hören.

Nein. Das konnte nicht stimmen. Amanus-Khainu war doch mit meiner Mutter zusammen gewesen, also konnte er nicht Yiero sein. Oder etwa doch?

Es standen zu viele Fragen offen.

»Shane hat mir erzählt, Yieros Gabe bestünde darin, sich in andere Menschen verwandeln zu können. Ist das eigentlich bewiesen?«, erkundigte ich mich neugierig, während man mir half, mich wieder aufzurichten.

»Wir wissen kaum etwas über Yiero. Natürlich könnte es sein, dass er Sonats Gestalt angenommen hat. Aber warum? Man erzählt sich, niemand kenne sein wahres Gesicht. Nicht einmal seine engsten Kontakte. Es gibt viele Zeugen, die ihn als jemand kürzlich verstorbenen identifizierten. Manchmal hat er sich anscheinend selbst dazu bekannt, Yiero zu sein. Mehrere Menschen behaupten, schon einmal gesehen zu haben, wie er sich verwandelt. Doch Genaues wissen wir nicht«, meinte Satani, die zum ersten Mal etwas Vernünftiges von sich gab.

»Du hast vorhin einen Plan erwähnt. Was haben sie gesagt?«, bohrte Hojono.

»Ich konnte nicht alles hören, aber es ging darum, dass irgendetwas beginnen wird, sobald ich in Mortoriva bin«, beantwortete ich seine Frage. Er runzelte die Stirn und Stille breitete sich aus.

Plötzlich drehte sich Hojono um und ging zum Cockpit. Die Tür blieb offen und ich sah, wie wir im Weltall schwebten. Hojono drückte auf mehrere Knöpfe und schien immer hastiger und verzweifelter zu agieren. Dann rief er seine zwei Co-Piloten zu sich und sie tauschten ein paar Worte aus.

»Irgendetwas stimmt nicht. Wir haben weder eine Verbindung zum Raumschiff noch zur Erde«, meinte er und sah mir dabei direkt in die Augen. »Wir scheinen von allem abgeschnitten zu sein. Unsere einzige Möglichkeit scheint zu sein, uns auf den Weg nach Mortoriva zu begeben.«

Ich konzentrierte mich und versuchte die Erde zu visualisieren, wo es Probleme geben könnte und ob sie vielleicht in Gefahr war.

Aber Schmerzen durchfuhren meinen Körper. Ich krümmte mich zusammen und mein Kopf hämmerte.

Meine Gabe war blockiert.

Ich strengte mich an, um wenigstens Shane zu sehen. Im nächsten Moment erschien er glasklar vor mir, in der dunklen, kalten Zelle.

Was sollte das bedeuten?

Hojono berührte mich und ich kehrte in die Gegenwart zurück.

Wenn wir aus technischen Gründen die Erde nicht erreichen konnten und meine Gabe in allem, was mit ihr zu tun hatte, aussetzte, musste irgendetwas dort vor sich gehen und solange wir nicht nach Mortoriva fuhren, würde es nur länger andauern.

»Wir müssen uns beeilen«, hauchte Hojono, der wohl dasselbe aus der Situation geschlossen hatte.

Ich nickte und hielt meinen Atem an.

»Ich erledige das.«

Kapitel 5

Dunkelheit, Kälte und Leere.

Nur ein greller, gelber Schein schien vom Himmel herab. Der Mond war von vorbeiziehenden Wolken verschleiert und dichter Nebel umgab uns.

Auf einmal erhellte sich unsere Umgebung. Lichter richteten sich wie Spots auf das kleine Raumschiff. Weit und breit war niemand zu sehen.

Die rechteckigen Hochhäuser, die sich aneinanderreihten, schienen verlassen.

»Wo sind die Menschen?«, flüsterte ich.

Satani, einer der Soldaten und ich hielten uns im Cockpit auf und sahen hinaus.

»Sie schlafen. Durch unser Wärmeerkennungssystem können wir sie aufspüren und sehen, was sie machen«, antwortete Hojono. »Es ist tiefster Winter. Kaum einer verlässt sein Haus. Trotzdem wird alles überall überwacht.«

Ich nickte. Aus Vorsicht hatte ich nicht sofort Yieros Palast als Ziel gewählt. Ich wusste nicht, was passieren würde, wenn wir dort wie aus dem Nichts aufkreuzen würden.

Doch wir waren ganz in der Nähe.

»Wir müssen geradeaus, dann nach links und zuletzt nach rechts«, befahl ich. Hojono und seine Kollegen nahmen langsam den Weg auf.

Es herrschte Stille. Ich betrachtete traurig die Gegend.

Ich fühlte mich ... gefangen.

So mussten sich wahrscheinlich alle fühlen, die hier lebten. Wie viele ertrugen seine Diktatur? Was war das für ein Leben?

»Das ist der Eingang«, riss mich eine Männerstimme aus meinen Gedanken.

Ich blickte in die Richtung, in die er zeigte.

Ein riesiges, weißes und glänzendes Marmortor, das sich mindestens hundert Meter in die Höhe erstreckte, lag vor uns.

Ich lauschte den Atemzügen der anderen und mein Blick begegnete Hojonos. Ich nickte und war bereit.

Hojono übergab mir eine Maske, die die kalte Luft etwas erwärmen würde, bevor ich sie einatmete.

Im Zeitsprung hatten wir den Plan besprochen: Ich würde Shane holen und falls wir nach 10 Minuten nicht zurückkehren sollten, würde Hojono uns zu Hilfe eilen.

Der Mikrochip, den man mir vor einigen Tagen in den Körper eingepflanzt hatte, würde Hojono über meine genaue Position informieren.

Ich atmete aus und wieder ein. Mein Herz pochte.

Ich würde ihn wieder sehen, fühlen, riechen und … küssen können.

Shane.

*

Diesmal war die Landung ganz und gar nicht sanft. Ich knallte auf den kalten Boden. Trotz meiner Ausrüstung hatte ich Schwierigkeiten, mich aufzurichten. Der Boden war schon fast zu Eis geworden.

Da erkannte ich Shane. Man sah seine Adern unter der Haut pochen. Er hatte dunkle Schatten unter den Augen. Seine Lippen waren nur noch blau.

Wie hatte er so lange überleben können? Offensichtlich war seine Gabe nicht blockiert worden.

»Shane?«, flüsterte ich, aber mir war klar, dass er sicher nicht antworten würde. Ich musste schnell und leise handeln.

Wie in meiner Vision zeigte der Bildschirm seine Herzfrequenz mit 168 Schlägen pro Minute an.

Mein Blick fiel auf den Schlauch. Ich musste ihn aus Shanes Arm entfernen, sonst würde uns die Maschine, vielleicht sogar die ganze Wand, im Zeitsprung begleiten.

Ich näherte mich Shane und berührte seine Oberarme. Seine Muskeln arbeiteten und waren angespannt. Durch meine Handschuhe spürte ich seine Haut nicht, doch ich konnte mir gut vorstellen, wie kalt ihm sein musste.

Ich ergriff den Schlauch direkt an der Injektionsnadel. Plötzlich hörte ich eine Stimme.

»Also ... du bist mein Bruder?«, fragte jemand. Ich blieb wie versteinert stehen. Die Worte wiederholten sich dutzende Male in meinem Kopf.

Tommy. Es war seine Stimme. Das musste Tommy sein. Was machte er hier? Mit wem sprach er?

»Ich glaube schon. Du wirst bald meine, nein, *unsere* Mutter kennenlernen. Sie ist auf der Erde, aber sie kehrt bald wieder zurück«, erwiderte sein Gesprächspartner munter. Diese Stimme hatte ich vor Kurzem gehört und der freche Unterton hinterließ ein wütendes Gefühl in mir.

Diablyo. Was hatte er mit Tommy zu tun? Wieso sollten sie *Brüder* sein?

Da realisierte ich, dass ihre Stimmen nicht ohne Grund lauter wurden.

Sie näherten sich und ich brauchte ein Versteck. Schnell legte ich mich unter die Bank, auf der Shane immer noch regungslos dasaß.

»Und Rhapsody? Ist sie also unsere Schwester?«, erkundigte sich Tommy. Mein Atem stockte.

Ich war Aprilyas Tochter und hatte eigentlich keine Geschwister, auch wenn Tommy wie mein Bruder war und ich ihn für lange Zeit dafür gehalten hatte. Aber angenommen, er wäre nun wirklich mein Bruder ... dann würde Diablyo offensichtlich auch dazugehören.

Hatte Aprilya außer mir noch andere Kinder bekommen?

»Ich glaube nicht. Ponally, unsere Mutter, hat niemals etwas von ihr erwähnt. Außerdem verfolgt sie Rhapsody, weil Meister Yiero das befohlen hat«, erwiderte Diablyo.

Für einen Augenblick fühlte ich mich schrecklich.

Etwas überkam mich, ein flaues Gefühl, ein allgemeines Zittern ... Schuld. Denn zum ersten Mal betrachtete ich Diablyo als Kind und Ponally als seine Mutter. Sie war tot. Shane und ich hatten sie umgebracht. Doch hatten wir eine Wahl gehabt? Sonst wären wir gestorben und vielleicht noch viele andere.

»Aber warum wird Rhapsody gejagt? Was ist so ... speziell an ihr?«, bohrte Tommy.

»Anscheinend kann sie durch die Zeit reisen und in die Zukunft sehen. Deshalb blockieren wir ihre Gabe, sonst erfährt sie schließlich, was auf der Erde los ist. Das würde ja Meister Yieros Plan zerstören.«

»Aber wie soll sie ihn retten, wenn sie ihre Gabe nicht benutzen kann?«, erwiderte Tommy.

All unsere Vermutungen bewahrheiteten sich in diesem Augenblick. Wenn sie wussten, dass ich ihn retten würde, warum griffen sie nicht ein?

»Sie ist nicht auf der Erde. Meister Yiero hat ihr technokommunikatives System angezapft und durch Rhapsodys Mikrochip kann sie geortet werden. Aber wir beide haben keinen Zugang zu diesen Daten«, antwortete Diablyo.

Ich sog die Informationen in mich auf, aber ihre Stimmen klangen nun so nahe, dass ich schon ihre Schritte hörte und es ziemlich heikel für mich wurde.

Ich musste handeln.

Plötzlich schoss ich aus meinem Versteck und zog an dem Schlauch. Shane kam mit einem lauten Atemzug zu sich.

Ein schmerzerfüllter Schrei ertönte aus seiner Kehle. Sofort drückte ich ihm meine Hand auf den Mund. Seine Augen waren weit aufgerissen, doch dann blinzelte er einige Male und fiel zur Seite.

Ich legte meine Hand auf seine Schulter und konzentrierte mich. Mein Bauch krampfte sich zusammen, aber ich sah den Zeitsprung vor mir auftauchen und ich befahl ihm, mich zu Hojono zu führen. Der Zeitsprung schloss uns in seine Arme, doch im selben Augenblick landete ich ein weiteres Mal auf dem eisigen Boden.

Das Hämmern in meinem Kopf wollte nicht aufhören. Doch ich musste fliehen, zurück, weg von diesem Ort!

Schritte näherten sich und ihr Echo hallte in meinen Ohren.

»Rhapsody?«, murmelte Tommy. Mir war schwindelig, aber ich zog die Laserstrahlenpistole aus meiner

Hosentasche und streckte sie in die Richtung, aus der seine Stimme kam.

Die Laserstrahlenpistole war schwer und alles schwankte vor meinen Augen, aber ich würde nicht aufgeben. Hinter Tommy erschien eine zweite Gestalt, die genauso aussah wie er.

Aber ich bemerkte sofort die Unterschiede. Tommy war kleiner und seine Haare lagen ihm zerzaust im Gesicht, während Diablyos zurückgekämmt waren.

»Du kleine Ratte! Ich dachte, du müsstest deinem geliebten Meister gehorchen. Stattdessen blockierst du meine Gabe, wann immer es dir passt!«, zischte ich wütend. Ich ließ meine Augen kurz zu Shane wandern, der regungslos auf dem Boden lag.

Sie antworteten nicht und mir ging es immer schlechter, während ich versuchte all meine Kraft zu mobilisieren. Ich konnte nicht fliehen, aber ich war diejenige, die für Tommy und Diablyo eine Gefahr darstellte.

»Was machst du hier?«, fragte ich und unterbrach das Schweigen.

»Du hast Sandra und mich mitgenommen. Es war alles ganz dunkel. Wir sind durch eine Art Tunnel geschwebt und plötzlich hast du unsere Hände losgelassen. Man hat mich gefunden und mir erklärt, was und wer ich bin. Als Diablyos Zwillingsbruder bin ich mit ihm zusammen der Herrscher der Macht. Doch ich blockiere die Gaben außerhalb der Atmosphäre, in der wir uns befinden und Diablyo innerhalb«, erzählte Tommy eilig. Er war verängstigt, doch er wagte es, zu lächeln. »Ich freue mich so, dich zu sehen.«

Tränen schossen mir in die Augen, denn eigentlich ging es mir genauso. Er war nicht tot und das war so erleichternd.

Aber ich durfte jetzt nicht schwach sein, sonst würde Diablyo das ausnutzen. Außerdem durfte ich nicht vergessen, dass Tommy jetzt zu meinen Feinden gehörte. Er war Diablyos Bruder. Aber er war auch meiner, obwohl wir nicht blutsverwandt waren.

Ich zitterte. Ich wollte nicht mehr kämpfen, aber ich hatte keine Wahl. Zu viele Fragen standen noch offen.

»Was geht in Minasso vor?«, knurrte ich. Sie schwiegen und schauten sich an.

Als Tommy den Mund öffnen wollte, fiel Diablyo neben ihm auf den Boden. Tommy schrie und verlor ebenfalls das Bewusstsein. Automatisch ließ ich meine Waffe fallen und wollte zu Tommy.

Aber jemand ergriff meine Oberarme und zog mich hoch.

»Lasst mich los!«, schrie ich und erstaunlicherweise geschah es auch so.

Ich wirbelte herum und blickte in Hojonos Nussaugen. Hinter ihm hob ein Soldat Shanes Oberkörper an, während ein anderer ihm zu Hilfe eilte und seine Füße nahm. Hojono hielt eine Armbrust in der Hand.

»Diese dünnen Pfeile beinhalten Schlafmittel, das sofort wirkt. Sie bleiben etwa eine halbe Stunde bewusstlos«, beruhigte mich Hojono, bevor ich irgendetwas sagen konnte. »Wir müssen uns beeilen, bevor uns jemand erwischt.«

Ich wollte ihm sagen, dass uns niemand verfolgen würde, weil Yiero alles geplant hatte, doch ich hatte keine Zeit.

Da fiel mir wieder ein, dass ich uns nirgendwo hinbringen konnte.

Aber Diablyo war bewusstlos. Vielleicht war meine Gabe dann nicht mehr blockiert?

Ich ging zu den zwei Soldaten, die nun Shanes Arme um ihre Schultern gelegt hatten, und Hojono folgte mir.

Sobald ich meine Hand nach seiner ausstreckte, verstand er, was ich vorhatte.

Denn ich konnte nur durch direkten Kontakt Personen oder Dinge in den Zeitsprung mitnehmen.

Irgendwie schafften wir es, alle miteinander verbunden zu sein und ich konzentrierte mich.

Der Zeitsprung tauchte auf und ich hatte mich noch nie so erleichtert gefühlt.

Bilder huschten an mir vorbei. Licht erhellte sich am Ende des Tunnels.

Wir landeten, ohne auf den Boden zu prallen. Doch durch Shanes Gewicht sanken die Soldaten zu Boden und ein weiteres Mal lag Shane regungslos da.

Shane.

Ich konnte es kaum glauben. Ich hatte mich noch kaum um ihn gekümmert. Voller Schock, Sorge und Erschöpfung stürzte ich auf meine Knie und berührte ihn.

Schnell zog ich meine Handschuhe aus und bemerkte, dass seine Haut eisig war. Ein paar Strähnen fielen ihm ins Gesicht und als ob sie die Ursache meiner Unruhe wären, strich ich sie weg und hoffte auf das Beste.

Plötzlich erkannte ich Satanis rote Mähne auf meiner rechten Seite. Sie faltete eine silberne Fläche aus, die einer Alufolie ähnelte. Es war eine Wärmedecke. Ich reagierte, schob meine Arme unter Shanes Oberkörper und hievte ihn trotz seines schweren Gewichts hoch.

»Er wäre fast erfroren. Jeder andere wäre bei so einer Körpertemperatur gestorben«, kommentierte Satani.

»Shane ist aber nicht jeder«, schoss es aus mir heraus.

»Wir haben jetzt keine Zeit zu diskutieren. Rhapsody, lass Satani ihre Arbeit machen«, unterbrach uns Hojono, bevor meine Wut ausbrechen konnte.

In diesem Moment blinzelte Shane und drehte langsam seinen Kopf zu mir. Ich streichelte seine Wange und zitternd legte sich seine Hand auf meine. Sie fühlte sich an wie Marmor.

Seine Augen waren schwarz und hart wie Stein.

»Es tut mir leid«, murmelte er, bevor er in eine tiefe Bewusstlosigkeit fiel.

*

Es tut mir leid.

Was meinte er damit?

Diese Frage schoss mir nun zum fünfzigsten Mal durch den Kopf.

Satani hatte Shane untersucht, aber nichts gefunden. Warum sein Körper weiterhin so verkrampft war, blieb ein unlösbares Rätsel für uns. Mittlerweile hatten die Soldaten Armlehnen hochgeklappt und Shane über fünf Sitze ausgestreckt. Nun unterhielten sie sich mich Satani, und ab und zu hallte ihr grelles Lachen bis ins Cockpit hinein, wo ich mich befand.

»Also weiß Yiero ganz genau, wo du gerade bist?«, hakte Hojono nach. Ich hatte ihm von Diablyos und Tommys Gespräch während unserer bis jetzt zweistündigen Fahrt erzählt. Jeder Zugang nach Minasso oder zur Erde blieb mir verweigert.

»Deswegen haben wir keine Verbindung zur Erde. Er verheimlicht uns etwas. Wir können nichts dagegen unternehmen«, schlussfolgerte Hojono.

Ich wandte meinen Blick zur Scheibe und sah hinaus ins All. Dunkle Schwärze, leeres Nichts und volle Einsamkeit. Genauso fühlte ich mich gerade.

Yiero war mir immer einen Schritt voraus, obwohl ich doch die Gabe besaß, in die Zukunft zu sehen.

Während ich mich nur um mein eigenes Wohl gekümmert hatte und zu Shanes Hilfe geeilt war, hatte Yiero genügend Zeit gehabt, die Erde anzugreifen. Denn ich musste schließlich mit dem Schlimmsten rechnen.

Meine Wut, meine Verzweiflung und mein Hass verbanden sich zu einem tiefen Groll in mir. Ich verdrängte ihn in die hinterste Ecke meines Herzens, um meinen Schmerz und meine Scham nicht wie offene Wunden bloß zu legen. In diesem Augenblick hielt ich meine Tränen zurück und versuchte, an etwas Anderes zu denken.

»Wie war sie eigentlich?«, hörte ich mich selbst sagen und mir war bewusst, dass Hojono verstehen würde, wen ich meinte. Mein Blick huschte zu ihm.

Er blühte auf und lächelte.

»Sie war atemberaubend«, sagte er, nachdem er einige Augenblicke lang geschwiegen hatte. »Es war nicht nur ihre sonderbare Schönheit, die du natürlich geerbt hast, sondern vor allem ihre Ausstrahlung. Sie hatte Freude am Leben und sie wollte, dass Glück die Welt beherrschte und nicht ein Mensch«, fing Hojono an zu erzählen. »Obwohl sie auch Kämpfe geführt hat, wusste ich, dass sie das nie gemocht hat. Aber sie glaubte immer an eine bessere Welt, an einen nachhaltigen Frieden. Sie gab niemals auf.« Bei den letzten Worten blickte er zu mir.

Ich merkte, wie es mir auf einmal besser ging. Mehr über sie zu erfahren, gab mir Hoffnung und einen Grund, weiter zu kämpfen, um ihr Gesicht zu sehen, ihr Lachen zu hören und ihre Liebe zu spüren.

»Rhapsody ...«, hörte ich jemanden hinter mir murmeln. Es riss mich aus dem kurzen, aber intensiven Glücksgefühl. Sofort schoss ich aus meinem Sitz und humpelte, so schnell es ging, aus dem Cockpit. Ich kniete mich hin, um Shane auf seiner Augenhöhe anzusehen. Trotz der zu Schlitzen geformten Augen erkannte ich das Glitzern in ihnen und ich musste einfach lächeln.

»Shane ... wie geht es dir?«, flüsterte ich. Er schluckte schwer.

»Ich kämpfe gegen das Gift. Es tut so weh. Irgendwo im Hals ...«, hauchte er heiser und erschöpft. Plötzlich weiteten sich seine Augen wieder und er zog seine Hand, die sich um meine geschlossen hatte, ruckartig zurück. »Es tut mir leid.«

»Was tut dir leid? Shane, sag es mir! Was ist los?«, bohrte ich, aber er blinzelte bloß noch einige Male und wurde wieder bewusstlos.

Erst nach einigen Sekunden wurde mir etwas klar.

»Satani!«, rief ich und wirbelte mit meinem Kopf hin und her. Sie lachte mit einem Soldaten und ich musste sie ein zweites Mal rufen, damit sie reagierte. »Shane hat Gift in seinem Körper. Deswegen hält er sich so verkrampft. Hilfe mir, es zu finden.«

Eins musste man ihr lassen: Wenn die Situation ernst wurde, ließ sie alles stehen und liegen. Denn im nächsten Augenblick kniete sie neben mir, öffnete eine Schublade, um einen tragbaren Bildschirm und eine kleine durchsichtige, quadratische Fläche herauszuholen. Der Bildschirm schaltete sich an und schwebte vor Satanis Oberkörper. Auf jeder Seite des echten Bildschirms bildete sich ein virtueller. Satani ging so schnell damit um, dass ich überhaupt nichts mitbekam.

Doch dann legte sie die durchsichtige Fläche auf Shanes Hand und ich erschrak, als ich die verschiedenen Schichten seiner Haut sah und zuletzt seine Blutbahnen.

»Warum habe ich das bloß nicht vorher nachgeprüft?«, murmelte sie vor sich hin.

»Was meinst du damit?«, erkundigte ich mich.

Zuerst warf sie mir einen genervten Blick zu, doch als ihre schlammgrünen Augen von Shane zu mir wanderten, seufzte sie und schien von meinem echten Interesse überzeugt zu sein.

»Dieses Gerät funktioniert wie ein Röntgenapparat, nur dass es keine schädlichen Konsequenzen hat. Es durchquert Haut, Knochen, Muskel, um alles ganz genau nachzuprüfen. Wenn Shane vergiftet wurde, dann ist es in seinem Blut«, erklärte sie. Die größere und anschaulichere Vision seines Bluts ließ sich auf dem realen Bildschirm erkennen. Um uns beide hatte sich ein Halbkreis von Soldaten gebildet. »Hier erkennt man die weißen und roten Blutkörperchen. Das ist völlig normal«, fügte sie hinzu, während wir fasziniert die runden Formen anblickten.

Sie ließ die durchsichtige Fläche über Shanes Oberkörper wandern, bis sie in die Nähe seines Schlüsselbeins kam. Etwas Grellgrünes befand sich dort und Satani runzelte ihre Stirn.

»Das muss wohl das Gift sein, aber diese Art ist mir völlig unbekannt. Der Apparat kann die Flüssigkeit nicht identifizieren. Vielleicht kann es aber das Labor in Minasso«, ergänzte Satani.

»Schau dir mal den Hals an«, betonte ich. Ausnahmsweise befolgte sie meinen Rat und wanderte mit dem Gerät zu seiner Kehle.

Alle schnappten nach Luft, als wir ein grellgrünes, längliches Teil erspähten. Es ähnelte einer Bakterie, doch wir wussten alle, dass es sich nicht um so etwas Einfaches handelte. Um diesen Giftkörper herum befand sich grüne Flüssigkeit, die Shanes Blutkörper-

chen verschwinden ließen. Aber gleichzeitig tauchten
Neue auf. Also wollte ihn niemand umbringen, sondern nur außer Gefecht setzen.

»Er wehrt sich schon die ganze Zeit gegen das
Gift«, hauchte ich.

Satani nickte und sackte zusammen.

Wie hatte Yiero ihm das antun können? Das war
pure Grausamkeit, ihn so lange leiden zu lassen. Aber
bald würden Terror, Schrecken und Krieg ein Ende
finden.

Ich fühlte, dass ich wieder Macht über meine Gabe
erlangte. Das einzige Wort, das meine Gedanken
erfüllte, war:

Minasso.

Kapitel 6

Gewalt. Gewalt bedeutet, jemand anderem Schmerzen zuzufügen. Gewalt ist die Praktik des Hasses.

Aber warum findet jeder Mensch Gewalt in sich wieder? Weil wir Hoffnung in uns tragen, die uns Glauben verleiht. Glaube an die Liebe, an den Hass.

Jeder besitzt diese zwei Möglichkeiten. Gewalt dient dem Hass, Leidenschaft der Liebe.

Ich blickte nun auf das Ergebnis tiefen Hasses.

Wir standen mitten in einer zerstörten Stadt. Weit und breit war alles schwarz und verbrannt und graue Asche flog verloren durch die rauchige Luft. Man sah kaum noch einen Flecken Erde.

Meine Hand lag immer noch in Hojonos. Ich hatte alle in den Zeitsprung mitgenommen und wir waren heil gelandet. Nachdem wir ausgestiegen waren, stützten die Soldaten Shane, der immer noch halb bewusstlos war. Aber wir kamen zu spät. Alles Leben war verschwunden.

Das Gras war blutgetränkt, der Himmel war grau und schien die Landschaft zu erdrücken. Leichen lagen auf dem Boden und ich vermied es, sie anzuschauen.

Doch was mich am meisten schockierte, war die Stille. Die Stille des Todes, die mich wie eine Ohrfeige ins Gesicht traf. Wir gingen alle ein paar Schritte vor und schauten uns um.

Gab es noch Überlebende?

»Hallo? Ist da jemand? Der Kampf ist vorbei. Mein Name ist Rhapsody, ich bin die Herrscherin der Zeit, ein Mondmensch«, rief ich in die Stille hinein.

Plötzlich ertönte ein Knirschen. Zu meiner Rechten sah ich eine verkohlte Fassade.

Dort erschien eine zierliche Gestalt.

Ein kleines Mädchen schlich sich aus den dunklen Schatten ins Licht.

Ihre blonden, feinen Haare waren zerzaust und manche klebten an ihren nassen Wangen. Sie weinte, doch dann stürmte sie auf mich zu und ihre Arme schlossen sich um meine Beine.

Ich beugte mich sofort herunter, um sie in meine Arme schließen zu können. Sie murmelte etwas und ohne Terryanisch zu verstehen, war mir klar, dass sie nach ihrer Mutter rief. Sie sah mich mit großen Augen an und fasste mit ihren kleinen Fingern in meine violetten Haare. Ich musste lächeln.

»Komm mit uns, wir suchen nach deiner Mutter«, sagte ich liebevoll.

Hojono übersetzte meine Worte in der fremden Sprache.

Mit zittriger Stimme antwortete sie ihm.

»Sie hat dich ja vorhin nicht verstanden und fragt, ob du ein Mondmensch bist«, sagte Hojono.

Ich nickte ihr zu und sie umarmte mich ein weiteres Mal. Spontan hob ich sie hoch.

In der Ferne sah man brennende Gebäude, die eines nach dem anderen wie ein Kartenhaus einstürzten.

Das Mädchen weinte immer noch und ihre Tränen bildeten einen Fluss der Trauer, eine blutende Wunde, die sich wohl niemals wieder schließen würde.

»Wo gehen wir hin?«, fragte ich Hojono, der voranschritt. Seine Miene zeigte keine Emotion, aber ich wusste, dass er hinter dieser Fassade unglaublich litt.

»Wir müssen zu Richanas Palast. Dort gibt es einen unterirdischen, geschützten Komplex. Vor einem Kampf evakuiert man die Einwohner, denn es geht nicht darum, diese grundlos zu töten. Krieg dient der Zerstörung dessen, was der Feind in seiner Regierungszeit vollbracht hat: Lebensraum, Sicherheit, Vertrauen und Frieden. In diesem Komplex befinden sich Zivilisten, die die Stadt nicht verlassen konnten, unter anderem Ärzte, Wissenschaftler und Laborangestellte«, antwortete Hojono.

Als ich aufblickte, bewahrheitete sich meine schlimmste Vermutung.

Der Palast war fast vollkommen zerstört.

Die Türme waren zur Seite gestürzt, der hintere Teil brannte noch, während die hellblaue Frontseite fast ganz durchlöchert worden war.

Im Vordergrund befand sich ein vormals hellblauer Torbogen, dessen Struktur wellenförmig verlief.

Hier und dort hatten Bomben eingeschlagen, daher schwankte der Bogen leicht im Wind.

Ein leuchtendes Symbol war am höchsten Punkt, nämlich oben in der Mitte, eingraviert.

Das Symbol war sehr groß. Es bestand aus einem wellenförmigen Strich, der einen Kreis in zwei Hälften teilte. Aus der oberen Hälfte schossen wie Strahlen drei Striche heraus, aus der unteren zwei.

Wir näherten uns diesem Bogen. Ich fürchtete mich ein wenig, unter ihm durchgehen zu müssen.

»Was ist das?«, fragte ich Hojono.

»Es ist das Tor des Himmelpalastes. Jeder Herrscher eines Gebiets muss ein Tor vor seinem Hauptpalast platzieren. Denn wie du siehst, definiert es die Ideale der aktuellen Regierung in Form eines Symbols. Bevor der Asteroid auf die Erde geprallt ist, wurden dafür Flaggen benutzt, aber sie hatten nicht die Bedeutung, die man jetzt von diesen Symbolen erwartet. Wer auf der Erde lebt, muss dieses Zeichen tragen«, sprach Hojono, während er seine Unterarmrüstung abnahm. Ich erkannte dasselbe Symbol auf der Innenseite seines Handgelenks, nur sehr viel kleiner. »Die Welle ist

das Zeichen für den Himmel und der Kreis für die
Sonne, die Licht und Leben ermöglicht. Das ist die
Bedeutung der zwei unteren Striche. Sie gehören der
konkreten Hälfte des Zeichens an, weil sie sich unter
dem Himmel befinden und auf die Erde und die Menschen gerichtet sind. Die drei Striche auf der oberen
Hälfte des Kreises bedeuten Autonomie, Ehre und
Stärke, von links nach rechts gesehen. Dies sind die
Werte, die Richana vertreten möchte und befinden
sich oberhalb des Himmels, weil sie abstrakt sind. Das
alles nennt man Symbaliva, das Symbol des Lebens.«

Ich nickte, in Gedanken vertieft. Es war wohl den
Menschen wichtig, mehr über ihre Vergangenheit zu
erfahren. Sie hingen an alten Traditionen, die fast an
das Mittelalter erinnerten.

Ich empfand Bewunderung und Respekt vor dieser
Einstellung.

Doch wenn ich mir dieses Schlachtfeld ansah,
bemerkte ich vonseiten Yieros gar nichts davon.

Wir schlugen nun den Weg zu Richanas Palast ein.
Auf beiden Seiten unterhalb des Weges, der ebenfalls
mehreren Angriffen ausgesetzt gewesen war, lagen
verkohlte, tote Bäume auf dunkler Erde, die sich mit
Asche vermischte und mit Knochen übersät war: Riesige Gräber, die den Tod in sich verschlossen hatten.
Die Frontfassade, die sich Hunderte von Metern in
den Himmel zog, war natürlich auch zerstört worden.

Eine riesige Doppeltür aus Holz und mit tausend Ornamenten und Schnörkeleien verziert, lag in Trümmern.

Der Eingang war bloß noch ein schwarzes Loch, das das Licht ins Nichts eintauchen ließ.

Plötzlich veränderte sich alles. Die Erde war in ein zartes Braun getaucht, überdeckt mit grell-grünem Gras. Ich hob meinen Kopf und erkannte einen glänzenden, hellblauen Palast. Er schimmerte wie das klarste Wasser der Welt.

Langsam drehte ich mich um. Lange Baumalleen befanden sich unterhalb des Weges, der zur riesigen Holztür führte. Hinter mir wölbte sich ein gigantischer Bogen. Im Sonnenschein erschien er mir fast wie ein Fluss. Der Blickwinkel wechselte und ich stieg in die Luft. Die ganze Stadt erzielte die gleiche Wirkung wie der Palast. Von oben gesehen glänzte die Erde wie Wasser.

Die Häuser waren nicht aneinandergereiht, sondern in Gruppen aufgebaut. Ich hatte fast das Gefühl, als ob jemand einen Stein in die Mitte einer Gruppierung geworfen hätte und die Häuser eigentlich nur Wasserschwingungen waren. Alles floss, bewegte und verbündete sich.

Sobald ich den Palast sah, konnte ich nur noch staunen. Er ähnelte im Grunde genommen einem riesigen Sexagon mit abgerundeten Ecken. An jeder

Seite fand man den gleichen Weg und die gleiche riesige Tür. Außerdem schossen sechs Ecktürme in den Himmel.

Im nächsten Moment verblasste der Schein und die Realität trat anstelle des Traums.

Ein Turm, dessen Hälfte verbrannt war und ein Drittel des gesamten Palasts – das war alles, was von diesem Bau übrig geblieben war. Es gab kein einziges Haus mehr. Die Hochhäuser, die ich vor einigen Tagen noch durch Richanas Fenster erspäht hatte, wurden nun von Flammen verschlungen und dem Erdboden gleichgemacht.

»Rhapsody, kommst du?«, hörte ich Hojonos Stimme, die mich aus dem Reich der Zerstörung und der Leere zog.

Ich war stehen geblieben. Hojono befand sich als einziger vor der dunklen Öffnung und streckte mir seine Hand entgegen. Das Gewicht des kleinen Mädchens in meinen Armen gab mir wieder Mut und zwang mich, nicht vor diesem Grauen zusammenzubrechen. Schließlich mussten wir beide unsere Mütter wiederfinden.

*

Mit schleichenden, vorsichtigen Schritten durchquerten wir Richanas Himmelpalast. Die dunkelblau schimmernde Ausrüstung der drei Soldaten leuchtete und half uns, in der Schwärze weiterzukommen.

Shane schaffte es mittlerweile, einigermaßen zu gehen, denn er hatte in dieser Situation keine andere Wahl. Nur einer der Piloten stützte ihn noch, denn man konnte hier nur maximal zu zweit nebeneinander gehen, um nicht in der Dunkelheit zu stolpern.

Satani schwieg. Es war erstaunlich: Sonst war sie so selbstbewusst und nun verhielt sie sich so unauffällig, dass wir uns oft umdrehen mussten, um sie nicht hinter uns zu lassen.

»Ich habe absolut kein Signal. Das ganze Verbindungsnetzwerk ist lahmgelegt worden. Wir können nur zu Fuß den unterirdischen Komplex erreichen«, meinte Hojono, nachdem er zum dritten Mal versucht hatte, sein Multifunktionsarmband anzuschalten.

Doch mich beschäftigte etwas Anderes.

Ich hielt mich von Shane fern, denn ich spürte, dass etwas nicht stimmte. Eine Mauer von Worten, die für Shane momentan noch unaussprechlich und für mich unverständlich waren, stand zwischen uns. Seine Blicke, denen ich mehrmals begegnet war, zeigten nur Trauer, Bedauern und tiefe Reue. Warum bloß?

»Ich habe eine Verbindung!«, rief Satani und ihre Stimme echote im Raum. Schnell betätigte sie ihr Armband und vor ihr erschien auf einmal ein zweidimensionales, großes Bild, das uns allen ermöglichte, die drei Gesichter darauf zu erkennen.

Es gab zwei Frauen, die kurze, nussbraune Haare hatten. Von uns aus rechts gesehen, befand sich noch ein junger Mann. Auf seinem Kopf breiteten sich viele kleine Pferdeschwänzchen aus, die in allen Farben und Richtungen abstanden.

Satani wechselte schnell einige Worte mit ihnen.

»Das sind Satanis Kollegen. Sie sagen, die Armeen B1, B2 und B3, die Roboter, haben alles zerstört. Sie haben gestern und letzte Nacht alles niedergemetzelt. Es war nicht genug Zeit, alle Menschen zu evakuieren, im Moment halten sich ungefähr neun- bis zehntausend im unterirdischen Komplex auf. Die meisten konnten fliehen, aber es gab auch viele Opfer. Sie wissen, dass ihr Netzwerk von Yiero angezapft wurde, aber sie haben gerade eben das alternative Kommunikationssystem eingeschaltet. Es ist nicht so leistungsfähig wie das alte, aber momentan ist es die einzige Chance, wieder eine Verbindung zum Rest der Welt herzustellen. Minassos Stromnetz wurde ebenfalls abgeschaltet, damit es keine Kurzschlüsse gibt. Deswegen ist es hier auch stockdunkel. Der Komplex hat sein eigenes Netz«, übersetzte Hojono für mich. »Satani hat gesagt, dass es keine Truppen mehr gibt. Sie schicken Soldaten heraus und anhand der neu erworbenen Verbindungen suchen sie digital das Gebiet nach Gefahren ab. Luo, ihr Assistent, kommt uns abholen.«

Als ich Satanis Gesicht sah, konnte ich ihre Tränen erkennen, ihre Verzweiflung und ihre Angst.

In diesem Moment realisierte ich, wie sehr sie den Mondmenschen misstraute.

Doch wenn man sah, was Yiero mit seiner Gabe anrichtete, konnte ich ihr diese Einstellung nicht übel nehmen. Viele dachten so, aber bald sollte dies ein Ende haben. Ich wollte das Vertrauen der Menschen wiedergewinnen.

Der junge, schlaksige Mann trat aus der Dunkelheit. Luo trug eine große Brille, die ihm wahrscheinlich die Sicht im Dunkeln ermöglichte.

»Satani!«, rief er und sie rannte zu ihm und warf sich in seine Arme.

Ich erlaubte es mir, Shane einen Blick zuzuwerfen. Er tat desgleichen und ich spürte Sehnsucht in mir aufsteigen.

»Am besten wir nehmen uns bei den Händen, um uns nicht zu verlieren. Es ist sowieso nicht sehr weit«, sagte Luo und wir folgten seinem Rat.

Shane näherte sich mir und streckte mir seine Hand entgegen. Ich bemerkte, dass wir eigentlich kaum zusammen gesprochen hatten, und ergriff seine Hand. Gleichzeitig legte ich meine andere in Hojonos.

Wir schritten nach vorne durch die Dunkelheit, die nicht mehr so furchterregend wirkte wie zuvor. Vielleicht, weil wir wussten, wohin wir gingen.

Auf einmal hörte man ein Klicken und blitzschnell öffnete sich eine Tür. Wir mussten uns alle bücken, um einen erhellten Tunnel zu durchqueren und danach in einen weißen, hohen Flur zu gelangen.

Vor uns gab es einen großen Imaga. Luo gab ein Passwort ein und legte seine Hände auf die Oberfläche. Dann öffnete sich der Imaga und dahinter befand sich ein großer Aufzug.

Es gab mindestens Platz für hundert Personen. Wie groß musste wohl der Komplex sein, damit zehntausend Menschen dort überleben konnten?

Ich wusste zwar, dass etwas zwischen Shane und mir nicht stimmte, aber es tat gut ihn wieder an meiner Seite zu spüren. Ich vergaß meine Zweifel und genoss diese Sicherheit.

Im nächsten Augenblick öffneten sich die Aufzugtüren und ein Raum voller Menschen erstreckte sich vor uns. Hojono, Luo, Satani und die Soldaten gingen voran, Shane, das kleine Mädchen und ich folgten ihnen. Was ich sah, ließ meinen Atem stocken.

Alle blickten uns an.

Die meisten saßen auf den Boden und ich bemerkte sofort, dass es hier nur wenige Erwachsene gab. Das leise Flüstern von terrorisierten Kindern, dessen Leben niemals wieder dasselbe sein würde wie zuvor, verstummte und die verweinten, roten Augen sahen uns an.

Ich betrachtete nicht die Zerstörung, das Schlachtfeld oder die Gewalt, sondern ihre Konsequenzen: zerbrochene Familien. Generationen, die niemals wieder zueinanderfinden würden. Ein Vertrauen, das niemals wieder zurückkehren würde.

»Roonya?«, hörte ich eine junge Frauenstimme rufen. Das hellblonde Mädchen erwachte. Sie hob langsam ihren Kopf und ich setzte sie auf den Boden.

Sie drehte sich um und ihr Blick begegnete dem einer großen, jungen Frau. Ihre Tochter sah ihr sehr ähnlich.

»Mama!«, rief das Mädchen und fing an zu rennen. Die anderen Kinder machten ihr Platz, viele lächelten und ihre Augen glitzerten fasziniert. Hoffnung stieg auf und alle dachten dasselbe: Wenn sie ihre Mutter hatte wiederfinden können, dann würden sie es auch schaffen.

Aus irgendeinem Grund wandten sie sich danach zu mir und sahen mich voller Bewunderung an. Ich hatte Roonya zwar nur hierhergebracht, aber dafür trugen sie nun wieder Hoffnung in ihren Herzen.

»Du wirst sie auch finden, Rhapsody«, flüsterte Shane. Er brauchte wirklich nicht meine Gedanken lesen zu können, er wusste, was in mir vorging.

Und er hatte recht.

Wenn Roonya ihre Mutter finden konnte, dann würde ich es auch schaffen, hauchte eine Stimme in mir.

Tränen rannten meine Wangen hinunter und ich lächelte, als sich Roonya in die Arme ihrer Mutter warf.

Ich vermisste Aprilya so sehr. Ich wollte wissen, wie es sich anfühlte, sich in die Arme seiner Mutter werfen zu können. Ich wollte überhaupt wissen, wie es war, eine Mutter zu haben.

Im selben Moment brach ich zusammen. Ich fröstelte am ganzen Körper und alle schrecklichen Bilder, die ich im Zeitsprung und in der Realität gesehen hatte, schienen mich nie wieder verlassen zu können.

Shane nahm mich in seine Arme und ich ließ es zu. Seine Hände streichelten beruhigend meinen Rücken und ich spürte sein Kinn auf meinem Kopf ruhen.

Das Porträt meiner Mutter erschien vor meinen Augen. Ihre Haare waren um einiges länger und etwas zerzaust. Augenringe und Falten breiteten sich auf ihrem blassen Gesicht aus. Ihre Augen schockierten mich am meisten. Sie waren kalt wie Stein, leer wie der Himmel und ich sah nichts darin: keine Gefühle, keine Gedanken.

Aber sie atmete. Sie lebte. Wo?

Ein unlösbares Rätsel. Doch für jedes Rätsel gibt es eine Lösung, oder nicht?

*

Nachdem wir den Saal mit den Kindern durchquert hatten, kamen wir in einen etwas kleineren Raum. Es gab drei Theken in der Mitte, Bildschirme an den Wänden und die zwei Frauen, die wie Zwillinge aussahen. Ich merkte, dass Shane schwächer wurde und sein Griff nachließ.

Sofort stach mir ein merkwürdiges Gerät ins Auge. Es leuchtete weiß, war zylinderartig geschliffen worden und war so hoch wie ein Bartisch. Auf halber Höhe gab es einen Schlitz. Doch die Oberfläche des Geräts war sehr interessant. Es gab drei wasserglashohe kleine Tunnel, die sicher für die Aufbewahrung von Reagenzgläsern gedacht waren.

Während ich diese Maschine anstarrte, wechselte Satani ein paar Worte mit den zwei jungen Frauen.

»Du musst Rhapsody sein, nicht wahr?«, fragte eine der beiden und ich wirbelte herum.

Als Antwort nickte ich.

»Ich bin Li, das ist Lu. Wir sind Ärzte. Es ist schön, dich kennenzulernen, Herrscherin der Zeit.«

»Danke«, antwortete ich geschmeichelt und ging zu Shane, der nun in einem schwebenden Sessel saß und die Augen geschlossen hielt.

»Also Shane, wir orten jetzt das Gift und entnehmen es dir daraufhin. Dann bist du endlich von deinen Schmerzen befreit«, erklärte Li, die sich neben mich gestellt hatte. Shane nickte und schluckte heftig. Ein Blick von ihm genügte und ich legte meine Hand auf seine geballten Fäuste.

Li ließ dieselbe Fläche, die Satani im Rettungsboot benutzt hatte, über Shanes Haut gleiten. Die giftige grüne Masse fand sie schnell in Shanes linkem Oberarm. Dann kam Lu mit einer überdimensionalen Spritze und desinfizierte die innere Seite seines Ellbogens. Ohne Vorwarnung stach sie ihm die Nadel in den Arm.

Er unterdrückte einen Schrei und ich versuchte, ihn zu beruhigen. Sie nahm ihm ziemlich viel Blut ab und mir war klar, dass man das Gift nicht sofort erkennen würde. Sein Blut hatte eine etwas ungewöhnliche, bräunliche Farbe.

Als sie die Spritze herauszog, wollte Li die Wunde behandeln, aber sie riss die Augen weit auf, als diese von selbst heilte.

»Als Herrscher des Lebens kann er Wunden heilen«, sagte ich. Sie war fasziniert und wich zurück.

Doch mein Blick folgte Lu, die zu dem Gerät ging. Sie steckte das Reagenzglas, indem sich Shanes Blut befand, in den linken Tunnel.

Ich näherte mich ihr und wartete. Im Hintergrund hörte ich, wie Shane erleichtert aufatmete. Ihm war eine riesige Last von den Schultern gefallen. Hojono und Satani standen um uns herum, während sich der Rest zurückhielt.

Im nächsten Augenblick schoss ein Blatt Papier aus dem Schlitz und landete auf den Boden.

Lu hob es ungeduldig auf. Ich erkannte nur eine Grafik, Symbole und in der Mitte groß gedruckte Buchstaben. Sie runzelte ihre Stirn und sagte etwas auf Terryanisch. Satani schaute es über ihre Schulter an und ihre Augen weiteten sich.

»Das ist unmöglich! Diese Moleküle ergänzen sich nicht und haben katastrophale Auswirkungen auf den Körper. Es ist pures Gift, ein Dolch ins Herz«, sagte Satani schockiert. »Ich weiß wirklich nicht, wie Shane dies überleben konnte.«

Hojono stand hinter den beiden und schüttelte ebenfalls den Kopf.

»Darf ich es mir bitte ansehen?«, fragte ich höflich und alle Köpfe drehten sich zu mir, als ob es überraschend sei, dass ich daran interessiert war. Ich kannte mich kaum in Chemie aus, doch vielleicht würde ich etwas erkennen können.

Außerdem trieb mich eine geheime, versteckte Kraft in mir, dieses Papier zu lesen:

Br   In   Ge   M   Ir   Ta   S   B   U   C   H

»Bring mir das Buch«, las ich laut vor und war selbst überrascht von dem, was ich gerade sagte.

Welches Buch?

»Was?«, erklang Satanis Stimme. »Niemals! Das geht nicht, es ist hirnrissig.«

»Sie hat Recht, Satani. Da steht, *bring mir das Buch*, zwar falsch, aber der Sinn ist verständlich«, meinte Hojono. Shane ging es nun wieder besser. Er stand auf und kam auf uns zu.

»Ist das ein Zufall?«, warf Li die Frage in den Raum, die sich jeder gerade selbst stellte.

Ich schüttelte den Kopf.

»Nein. Es gehörte zu seinem Plan. Yiero hat Minasso angegriffen und mich mit Shanes Entführung abgelenkt. Kurz davor hat er ihm dieses Gift ins Blut spritzen lassen, weil er wusste, dass Shane nicht sterben würde. Das Ziel war also nicht, Minasso anzugreifen, sondern uns auf eine blutrünstige und beängstigende Art und Weise eine Nachricht zu hinterlassen«, klärte ich die anderen auf.

»Ich bezweifle, dass das sein wahres Ziel war«, sprach Shane auf einmal und sah mir dabei tief in die Augen. Sie waren rabenschwarz. Das Glitzern war erloschen.

»Was?«, fragte ich entsetzt und realisierte, was nun folgen würde. »Was ist geschehen, Shane?«

»Wovon redet ihr?«, unterbrach Hojono, doch ich hielt Shanes hartem Blick stand.

Was ging in ihm vor?

Was war in Mortoriva passiert?

»Nachdem Xaviero dich gegen den Baum geworfen hat, wurden unsere Gaben wieder blockiert. Ich habe noch weitergekämpft und ergab mich schließlich, bevor er mich umbringen konnte. In diesem Moment trafen Diablyo und andere Soldaten ein, fesselten mich und wollten wissen, wo du warst. Ich habe nichts verraten und habe sie abgelenkt, damit sie das Gebiet nicht absuchen. Im Raumschiff wurden meine Augen verbunden und man hat mir dieses Gift ins Blut gespritzt. Meine Gabe war jedoch nicht blockiert. Ich habe sehr gelitten, aber geschwiegen. Bis mich jemand irgendwo und irgendwann verhört hat. Und zwar ausschließlich über dich«, erzählte Shane.

Ich wollte es nicht wahrhaben.

Seine Worte waren wie Messerstiche, wie Tausende von kleinen Nadeln, die meine Haut durchdrangen.

Aber irgendwie spürte ich nichts. Alles in mir war kalt und leer.

Ich konnte nichts fühlen, nichts denken.

»Ich habe geschwiegen. Dann hat er drei Mal hintereinander meine Gabe blockieren lassen. Ich habe mich drei Mal hintereinander aus dem Reich der Toten gerettet. Er drohte, dich umzubringen, wenn ich etwas Falsches sagte«, beichtete er.

Ich war fassungslos. Das Einzige, was mir in den Sinn kam, war tiefe Enttäuschung. Eine Wunde, die eine Narbe hinterlassen würde.

Ich hatte das Versprechen meiner Mutter gebrochen, um Shane zu vertrauen. Er wusste alles über mich und kannte mich besser als alle anderen. Und dann hat er mich an Yiero, meinen größten Feind verraten? Er war gequält und erpresst worden und er hätte nichts daran ändern können.

Doch mein Vertrauen in ihn war gebrochen.

Es tut mir leid.

»Du hast mich verraten«, hauchte ich. Er runzelte seine Stirn und seine Augenbrauen. Ich schien fast Tränen in seinen Augen zu sehen, aber das war mir gleichgültig.

»Ich hatte keine Wahl«, antwortete er, doch die geheime Stimme des Bösen flüsterte das Gegenteil.

Verrat, Vertrauensbruch und Verletzung. Das Gift der Enttäuschung zerfraß mich innerlich. Es war wie ein Monster, das alles in Scherben zerbrechen und meine ganzen Gefühle in Luft auflösen ließ.

Ich wollte es vergessen, *ihn* vergessen.

Shanes dunkle Augen glitzerten, funkelten und starrten. Ein Mann mit weißen Haaren und roten, brennenden Augen fixierte mich. Dahinter hörte ich schmerzverzerrte Schreie, das helle Lachen meiner Mutter und ich blickte in ihre grauen, leeren Augen.

Alles verschwamm zu einem großen Ganzen.

Weiß, rot, meerblau, schwarz, rosa, grau, violett, gelb, blond, himmelblau: Ich verlor die Kontrolle, die Macht und tauchte in dunkle Schwärze.

Vertraue niemandem.

Kapitel 7

Ein Kaminfeuer brannte in einem großen, dunklen Raum. Eine Gestalt zeichnete sich vor den Flammen ab, ihr geheimnisvoller Schatten erstreckte sich über den ganzen Boden.

Außer dem leisen Knistern des Feuers war es still.

Plötzlich hörte man Schritte. Sie bewegten sich langsam fort und auf einmal tauchte eine Frau neben der Gestalt auf.

Ihre grauen Augen waren hart und erbarmungslos. Ihre rosafarbenen Haare, die sie sonst offen trug, waren zu einem Zopf gebunden.

»Was willst du?«, zischte sie. »Warum hast du mein Reich angegriffen, mein Volk ermordet und mich entführt? Es ist einfach, alles aus dem Weg zu räumen, um sein Ziel zu erreichen, nicht wahr? Wie fühlst du dich eigentlich dabei? Bist du glücklich darüber, dass Männer, Frauen und Kinder gestorben sind?«, fragte sie mit bebender Stimme.

»Sei still«, befahl die Gestalt.

»Du bist ein einsamer, verängstigter *Feigling*. Weißt du, wovor du dich fürchtest? Es ist Sehnsucht, Liebe und Menschlichkeit. Feiglinge benutzen Gewalt, um das zu erreichen, was sie wollen. Andere benutzen Sinn und Verstand«, sprach sie ohne jede Angst.

»Du hast hier nichts zu sagen«, erwiderte die Gestalt.

»Bist du dir da ganz sicher? Ich glaube nämlich, als Herrscherin der Welt, habe ich sehr wohl das Recht zu reden!«, donnerte ihre Stimme.

»Du sollst schweigen!«, schrie der Schatten. Auf einmal drehte er sich um und man konnte einen großen, breitschultrigen Mann erkennen. Er hatte kurze, braune Haare und dunkle Augen.

»Du kannst mir keine Angst einjagen. Es ist erbärmlich, dass du mir nicht dein wahres Aussehen zeigst, als ob ich es nicht schon kennen würde«, entgegnete die Frau.

Sie sahen sich an.

In diesem Moment wussten sie nicht, was aus ihnen geworden war. Er liebte sie und sie hasste ihn. Früher war es anders gewesen. Doch dann hatte er sie zutiefst enttäuscht und ihre Liebe zerstört.

Der Mann wandte sich ab und drehte sich wieder zum Feuer.

»Wo ist sie?«, sagte er in ruhigem Ton mit seiner voluminösen Stimme. Sie lachte, voller Hohn und Abscheu.

»Weißt du, warum ich lache? Weil ich dir alles über sie sagen könnte und was würde dir das nützen?

94

Nichts. Sie ist in Sicherheit und du wirst sie niemals finden können!«, antwortete sie.

»Das kann gut möglich sein, aber ich werde es versuchen und du wirst hierbleiben, bis ich sie gefunden habe. Oder sie mich«, erwiderte er.

»Du müsstest mich schon als Leiche hierbehalten.«

»Wo wäre dann der Schmerz? Die Grausamkeit? Mir ist es lieber, den Menschen Leid zuzufügen, die dir etwas bedeuten, während dir nichts angetan wird«, verkündete er mit einem gnadenlosen Lächeln. »Wie heißt sie? Wann wurde sie geboren? Wo ist sie?«

»Du kannst so viel fragen, wie du willst. Du wirst damit nur kurzfristig deine Sehnsucht vertreiben können«, antwortete sie.

Stille trat ein und sie seufzte.

Sie wusste, was ihr bevorstand. Ihre einzige Hoffnung war, dass er *sie* niemals finden würde.

Sie hätte fliehen können, aber wahrscheinlich wäre sie von den Wachen eingefangen worden. Einfach verschwinden konnte sie auch nicht. Ihre Gabe bestand nun mal darin, außergewöhnliche Technologien zu erschaffen. Alles, was den anderen als Magie erschien, war bloß Illusion.

Was würde es ihr nützen, zu schweigen? Nur den Tod weiterer Unschuldiger. Sie hatte keine Wahl.

Sie befand sich in Sicherheit, daran würde er nichts ändern können.

Sie wusste, dass sie dazu verdammt war, niemals wieder die Erde zu erblicken.

»Ihr Name ist Rhapsody. Sie ist am 13. April dieses Jahres geboren.«

*

Die Dunkelheit bewegte sich wie das Wasser, wie die Nacht, wie das Universum. Doch es war nur Illusion, keine Realität. War der Traum ein Flashback gewesen?

Meine Mutter hatte mich verraten.

Ohne ihn gesehen zu haben, wusste ich, dass die Gestalt Yiero gewesen war. Aber anscheinend war es ihm damals nicht genug gewesen, deshalb hatte er Shane gebraucht.

Ich hatte keine Wahl.

Seine Stimme hallte in meinem Kopf, als ob ich mich in einer gigantischen Höhle, einem Gefängnis, befand. Doch er hatte recht. Ich konnte nicht erwarten, dass er für mich sterben sollte. Würde ich das für ihn tun?

Aber die Welle der Enttäuschung, die mich traf, konnte das zerrissene Band des Vertrauens nicht zusammenflicken. Nein, es durchschnitt es nur noch ein weiteres Mal.

Ich zwang mich, an etwas Anderes zu denken, aber jedes Mal vernebelte sich alles und ließ nur noch Platz für *ihn*, *seinen* Namen, *seine* Person.

Seinen Verrat.

In diesem Augenblick schaltete sich das Licht an. Der Raum war sehr klein und weiß. Ich lag wieder einmal auf einem schwebenden Bett.

Hatte ich geschlafen? War das also wirklich ein Traum gewesen? Gehörte dieser Teil noch dazu?

Denn da sah ich Shane, der mir auf einem schwebenden, lilafarbenen Plastiksofa gegenübersaß. Sein Kopf war zur Seite gekippt und seine Augen geschlossen. Wieder tauchte Leere in mir auf. Ich konnte nichts fühlen, als ob mein Herz zu Stein geworden war. Ich erinnerte mich wieder an dem Moment, indem sie beide im Flashback geschwiegen und sich angestarrt hatten. Er hatte ihr etwas angetan, was sie zutiefst verletzt und ihre Liebe zerstört hatte. Genau dasselbe versuchte Yiero nun mit mir zu machen. Indem er alle, die ich liebte, zwang, mich zu verletzten, isolierte er mich. Am Ende würde ich alleine dastehen, er würde seine Arme ausbreiten und ich mich in sie hineinwerfen.

Das würde ich nicht zulassen.

In diesem Augenblick blinzelte Shane. Als er meinem Blick begegnete, richtete er sich sofort auf und blieb angespannt sitzen.

Seine Augen waren groß, dunkel und vom Nebel der Angst, dass ich ihm niemals verzeihen würde, verhüllt.

Wir hielten beide den Atem an. Je länger wir schwiegen, desto unerträglicher wurde es.

»Du bist wach«, murmelte er. Ich nickte und atmete aus. Ich war hin- und hergerissen. Ich wollte ihm verzeihen, doch ich fürchtete mich davor, dass es danach nicht besser sein würde.

»Was ist passiert?«, fragte ich, denn ich erinnerte mich nicht wirklich, wie ich überhaupt hier gelandet war.

»Du bist in Ohnmacht gefallen, als …«, fing er an und schwieg dann plötzlich.

»Als du mir gestanden hast, dass Yiero nun alles über mich weiß?«, ergänzte ich. Meine Stimme zitterte bei diesen Worten. Doch wir mussten reden. Stille würde nicht weiterhelfen.

Shane schien erschüttert, wie vom Blitz getroffen. Er war blass, sah müde und erschöpft aus. Tränen kamen mir hoch. Shane hätte mir so etwas niemals bewusst angetan. Er wurde gequält und erpresst … es war nicht seine Schuld gewesen.

Yiero. Er war derjenige, der sich nicht traute, mich selbst zu befragen, mich selbst aufzusuchen. Nein, für seine Feigheit sollte niemand büßen. Ich musste Shane verzeihen. Ich hatte Angst und ich wusste nicht, ob es zwischen uns wieder genauso sein könnte wie zuvor, aber ich musste ihm verzeihen. Nun war es Zeit, dass *ich* Yiero einen Schritt voraus war.

»Rhapsody, es tut mir so leid. Ich wollte das alles nicht. Ich war mir nicht bewusst, was ich sagte, aber ich habe jede einzelne Frage beantwortet. Ich erwarte nichts von dir. Ich werde jetzt gehen und du musst mich nie wiedersehen«, kam mir Shane zuvor. Ich war fassungslos. Er stand auf, ging zur Tür und wollte schon seine Hand auf den Imaga legen ...

»Nein!«, rief ich. Er verharrte auf der Stelle. Er durfte nicht weggehen, ich *wollte* es nicht.

Ich stand auf und stellte mich hinter ihn.

»Geh nicht, Shane. Ich will nicht, dass du mich allein lässt. Ich brauche dich und das weiß Yiero auch. Er ist der wahre Schuldige und hat versucht uns auseinander zu bringen, um mich leichter in seine Falle zu locken. Aber er hat uns unterschätzt. Wenn er etwas über mich wissen wollte, dann hätte er sich direkt an mich wenden sollen. Er ist ein Feigling, der mit Gewalt handelt. Wir schlagen zurück, mit Verstand, als Team, zu zweit«, sagte ich und sprach offen alles aus, was mir durch den Kopf ging. Ich schwieg. Konnte ich die Worte wirklich aussprechen?

»Ich verzeihe dir, Shane.«

Er drehte sich zu mir um. Seine Augen glitzerten und ich musste lächeln. Im nächsten Augenblick spürte ich seine Lippen auf meinen und er drückte mich an seinen schönen, warmen Körper.

Leider trug er wieder ein T-Shirt.

Da öffnete sich die Tür in blitzschneller Geschwindigkeit und aus dem Augenwinkel sah ich, wie Hojono uns mit weit geöffnetem Mund anstarrte.

Es war schwer, den Kuss zu beenden, und Shane wollte mich nicht wirklich loslassen, aber letzten Endes entschied er sich wohl doch, wenigstens meine Lippen für kurze Zeit freizugeben.

»Ich wusste, dass wenn ihr lange genug im selben Zimmer seid, ihr die Finger nicht voneinander lassen könnt«, kommentierte Hojono und ich musste lachen. »Doch zurück zu den ernsten Dingen. Ich muss euch nämlich etwas zeigen, was nicht gerade einfach zu ertragen ist«, erklärte Hojono und sein ganzer Körper war angespannt.

»Wie lange war ich eigentlich bewusstlos?«, schoss es aus mir heraus.

»Nicht länger als zwei Stunden, aber genug, um deinen IDMC auswechseln zu können. Das ist dein Identifikationsmikrochip. Für euch ist es Pflicht, ihn zu tragen, das Volk hat die Wahl«, antwortete Hojono.

»Habt ihr Richana gefunden?«, erkundigte sich Shane mit gerunzelter Stirn. War sie weg gewesen?

»Ja und Nein. Das würde ich euch gerne erklären. Wir haben nicht sehr viel Zeit«, Hojono sprach schnell und gestresst. Irgendetwas stimmte nicht.

Ich folgte Hojono aus dem Zimmer und hinter Shane schloss sich die Tür. Wir gingen durch einen langen, weißen Flur mit unzähligen Türen. Überall rannten in hellblau und weiß gekleidete Menschen herum. Es mussten Ärzte sein, die von Zimmer zu Zimmer gingen.

Am anderen Ende des Flurs gab es wieder einen Imaga und hinter der Tür offenbarten sich zehn Aufzüge, die alle nebeneinanderstanden.

Sie waren zylinderförmig und bestanden aus Glas. Es passten ungefähr zehn Personen in jeden Aufzug.

Sobald wir eingestiegen waren, erklang eine mir bekannte Frauenstimme.

»Meister Hojono, wohin soll es gehen?«, fragte sie. Mir huschte ein Lächeln über meine Lippen, als ich daran dachte, wie verzweifelt Shane gewesen war, dieser Roboterstimme beizubringen, ihn »Mister Shane« zu nennen.

Sobald ich meinen Blick hob, erspähte ich sein Schmunzeln.

»Bitte bringen Sie mich zum Herrschersitz«, befahl Hojono.

Der Aufzug startete ruckartig und wir fuhren nach oben.

»Also wir haben Richanas IDMC lokalisiert. Er wurde ihr entnommen, deshalb ist uns ihr Aufenthaltsort unbekannt. Aber es ist klar, was wir benötigen, um Richana wiederzubekommen«, sprach Hojono und sah uns mit großen Augen an.

Die Sanftheit in ihnen war vollkommen verblasst. Mit hartem Blick versuchte er seine Angst zu verbergen.

»Das Buch«, echoten Shanes und meine Stimme gleichzeitig. Hojono nickte und dann öffneten sich die Aufzugtüren.

In der Mitte des runden Raums erkannte man Richanas riesigen Sessel. Wir schritten sofort zu ihm und eine Art Glasglocke stülpte sich über uns.

Diesmal wurde Hojono auf Terryanisch gefragt, wo es hingehen sollte. Einige Augenblicke später landeten wir in einen verwüsteten Raum, der mich frösteln ließ. Wir befanden uns im Saal, in dem ich das erste Mal Shane und Richana begegnet war, nur dass sich alles verändert hatte. In einer der Glaswände befand sich ein riesiges Loch.

Überall lagen Scherben. Doch es kam noch schlimmer. Ich versuchte mir einzureden, dass es dunkelrote Farbe war, aber ich bezweifelte, dass Yiero hier an Grausamkeit gespart hatte.

Vor mir stand mit Blut an der Wand geschrieben: BRING MIR DAS BUCH.

Mein Blick huschte über den Rest des Raumes, während wir die halb zerstörten, halb verkohlten Stufen, die zum Podium des Sessels führten, herunterstiegen. Die Möbel waren zerbrochen und manche Teile lagen hier und dort auf dem Boden herum. Die vielen Scherben und Löcher machten einen geraden Durchgang unmöglich, nicht nur, weil man drohte auszurutschen, sondern auch in den darunter liegenden Raum zu stürzen.

Bei diesem Desaster, Grauen und Chaos fiel mir nur eine sinnvolle Frage ein.

Warum? Warum machte Yiero so etwas?

Da tauchte etwas in mir auf, das ich nie fühlen wollte, aber das jeder Mensch besaß. Eine Flamme brannte in meiner Brust, in meiner Kehle, mein Kopf pochte und mir wurde am ganzen Körper heiß und kalt. Alles verkrampfte sich durch dieses tiefe, böse Gefühl in mir: Hass. Er entfachte das Feuer in mir und zwang mich, alles aus mir herauszulassen.

»Warum?« Mein Körper zitterte wie bebende Erde. »Warum macht Yiero so etwas? Wie kann er bloß so viele Menschen grundlos töten, kaltblütig ermorden? Kein Buch könnte jemals so viel Bedeutung haben, dass man deswegen Menschen so viel Leid und Schmerz antun muss. Es gibt nichts, das rechtfertigt, seinesgleichen umzubringen.«

Tränen brannten auf meinen Wangen. Ich weinte für die Opfer, für die zerbrochenen Familien und für den Terror, der sich wie eine Plage überall ausbreitete.

»Wir werden besser und klüger handeln als er und wir werden ihm nicht das geben, was er sich am meisten wünscht.«

Mich, schoss es durch meinen Kopf, aber ich verdrängte sofort diesen Gedanken. Weil es nicht sein aktuelles Ziel war.

»Wir werden ihm das Buch nicht übergeben«, kündigte ich an. Als ich mich zu Hojono und Shane drehte, schienen sie fasziniert und erschrocken zugleich.

»Richana wurde entführt und das Buch ist die einzige Möglichkeit, sie zurückzubekommen«, erwiderte Hojono.

»Ich bezweifle, dass Yiero Richana wirklich wieder freilassen wird, sobald er das Buch hat. Warum sollte er das tun?«, antwortete ich und Hojono erstarrte.

»Sobald wir wissen, um welches Buch es sich handelt, lassen wir es fälschen«, warf Shane in den Raum. »Yiero hat es nicht, also kann er auf jeden Fall nicht wissen, wie es aussieht. Außerdem werden wir nicht lange brauchen, um das richtige zu finden, es gibt kaum noch Bücher. Alle benutzen Elensos, elektrische Linsen, mit denen man unter anderem auch lesen kann. Die Worte tauchen dann einfach vor einem auf«.

Seine Idee war ziemlich raffiniert und mit ein bisschen Glück, würde sie funktionieren.

»Welches Buch könnte er meinen?«, sprach ich meine Gedanken laut aus. Mein Blick wanderte von Shane zu Hojono, der auf einmal seinen Kopf hob, die Augen aufriss und fassungslos den Kopf schüttelte.

»Nein, das kann es nicht sein«, murmelte er in Gedanken vertieft. Dann begegnete er unseren fragenden Blicken und fing zögernd an zu erzählen. »Als Herrscherin der Unmöglichkeit bestand Aprilyas Gabe darin, unglaubliche Technologien in die Welt zu setzen. Sie konnte sich jedoch nicht alles einprägen, zeichnete und schrieb alles in ein Buch hinein. Ich habe es zwar nie gesehen, aber sie hat mir davon erzählt. Doch woher könnte Yiero von dem Buch wissen und warum will er es besitzen?«

»Das können wir jetzt nicht herauskriegen. Wo ist das Buch?«, fragte ich aufgeregt. Wir kamen unserem Ziel immer näher.

Wenn das alles funktionierte, würde ich meine Mutter wiedersehen. Sie musste noch leben und das Buch war meine Chance, sie wiederzufinden.

Es war eine Chance für alle Menschen, sie wieder als Herrscherin zurückzubekommen.

»Das weiß niemand. Keiner hat es je gesehen. Selbst mir hat sie nichts darüber verraten, außer dass es existiert«, meinte Hojono mit einem Hauch von Enttäuschung.

»Ich werde es suchen und finden. Ich kehre so schnell wie möglich zurück«, verkündete ich.

»Ich komme mit. Du weißt nicht, wo du landest. Ich lasse dich nicht allein«, widersprach Shane sofort.

Ich warf ihm einen liebevollen Blick zu.

»Ihr müsst euch vorbereiten, Nahrungsmittel und Waffen ...«, fing Hojono an, aber ich schüttelte demonstrativ den Kopf.

»Dafür haben wir keine Zeit. Ich habe nicht vor, lange zu bleiben. Hojono, kümmere dich währenddessen um die Menschen hier. Sie brauchen Hilfe und jemanden, der ihnen sagt, wo es lang geht.«

Hojono schien etwas überrascht, das aus meinem Munde zu hören, aber er nickte.

»Bist du bereit?«, versicherte ich mich, als ich mich zu Shane drehte. Als Antwort nahm er meine Hand und lächelte.

Obwohl wir uns vorhin geküsst hatten, erschrak ich vor dieser plötzlichen Berührung.

Hatte ich ihm wirklich verziehen?

Er schenkte mir sein Vertrauen. Ich würde es nicht missbrauchen. Im nächsten Augenblick umhüllte uns die Dunkelheit.

Führe mich zu dem Buch. Finde meine Mutter. Löse das Rätsel.

Kapitel 8

Die Zeit flog an mir vorbei. Da berührte mich dieses Jahr, dort dieser Tag und hier dieser Augenblick.

Ich sah die verborgene Angst eines jungen Soldaten, die Gewissheit eines kleinen Kindes und die Verzweiflung einer unterdrückten Frau. Gebäude stürzten ein, Menschen rannten über die Straße und riefen nach Hilfe. Dann regnete es und ein paar Autos fuhren über den Asphalt. Ein glühend rot-brauner Meteor brannte. Ich sah das Meer, die Berge, Vulkane, Wiesen, Tornados, Erdbeben und Tsunamis. Lange, durchsichtige Gestalten in einer menschlichen Silhouette versuchten zu lächeln. Eine dunkelhäutige Großfamilie saß mitten im Regenwald um ein Lagerfeuer versammelt und veranstaltete ein Festmahl. Kinder rannten frei und lachend mit verkratzen Fingern aus riesigen Industriegebäuden. In irgendeinem Parlament sah ich, wie Männer und Frauen in Kostüme gequetscht über Politik diskutierten. Schlägereien fanden in der Öffentlichkeit statt, Demonstranten hielten große Banner mit der Aufschrift »Es lebe der Frieden!« in die Höhe. Jugendliche saßen in Ecken gekauert da und warteten, bis man ihnen Aufmerksamkeit schenkte. Mädchen warfen Jungs ihr Lächeln zu.

Ich sah dem Leben zu, wie das Schicksal aus Glück Unglück machte, aus einem Anfang ein Ende.

Der Zeitsprung vereinigte alles. Alle Leben waren Punkte auf einer unendlich riesigen Wand, die sich wie eine Zelle um mich schloss.

Plötzlich wurden Worte unscharf, Zeilen verwandelten sich in Wellen, Gesichter, Tiere und Gebäude wurden zu kleinen Farbflecken, bis alles verblasste und nur noch die Schwärze des Zeitsprungs übrigblieb. Wir würden bald landen. Entweder mehrere Jahrhunderte in der Vergangenheit ... oder in der Zukunft.

Ich blickte zu Shane. Er schien nicht überrascht oder fasziniert zu sein. Hatte er dasselbe wie ich erlebt? Es war ein Geschenk und ein Fluch zugleich, denn ich sah die Entwicklung der Menschheit ... mit ihren Stärken und Schwächen.

Und helfen konnte ich ihr nicht.

Im nächsten Augenblick landeten wir.

In Gedanken versunken, hatte ich vergessen, mich auf die Landung zu konzentrieren.

Es war *sehr* schmerzhaft.

Ich war mit dem Rücken aufgeschlagen, Shane mit dem Bauch. Ich bemerkte zwar, dass von meinen alten

Verletzungen nichts mehr übrig war (Shane hatte mich wohl geheilt), doch das machte die neuen Schmerzen nicht angenehmer.

Die Decke war beige und etwas weiter erkannte ich eine Lampe, die das Zimmer erhellte. Dann sah ich zu meiner Rechten. Ein dunkelbraunes Ledersofa, das mindestens zwei Meter lang war, stand auf kühlen, grauen Fliesen. Kein Wunder, dass ich solche Schmerzen hatte.

Doch das spielte jetzt keine Rolle.

Wo waren wir gelandet?

»Wer seid ihr? Was wollt ihr in meinem Haus?«, zischte eine Frau plötzlich.

Shane und ich richteten uns gleichzeitig auf und in einer Türöffnung stand eine junge, hübsche Frau.

Sie trug einen perfekten, braunen Pferdeschwanz. Ihre Lippen waren zusammengepresst und sie starrte uns mit einem wütenden Gesichtsausdruck an. Eine weiße Bluse mit einer dunkelblauen Jeans und Ballerinas ... die Kleidung erinnerte mich stark an die Mode des 21. Jahrhunderts.

»Ich rufe die Polizei, wenn ihr mir jetzt nicht sofort erklärt, was hier vorgeht«, warnte sie uns. Jedes Wort wurde langsam und deutlich ausgesprochen.

Aus meinem Augenwinkel erspähte ich ein Fenster. Es befand sich auf der gegenüberliegenden Seite des Raums. Gleich neben mir erkannte ich einen niedrigen Glastisch, der auf einem flauschigen Teppich vor dem Sofa stand. Die Wände bestanden eigentlich nur aus Bücherregalen. Wenn das Buch hier war, dann würde ich lange brauchen, um es zu finden.

Ich erinnerte mich wieder daran, dass wir nicht allein waren. Die Frau stand uns gegenüber.

»Also, ähm …«, stammelte ich, verzweifelt nach einer Ausrede suchend. Ich konnte ihr wirklich nicht gestehen, dass wir aus dem Jahr 2597 kamen und durch ein Buch, das meine Mutter hat verschwinden lassen, die ganze Welt retten könnten.

Ganz davon abgesehen, dass wir Mondmenschen waren.

»Ich bin Rhapsody und das ist Shane. Wir sind …«, fing ich an, als mir das Sofa ins Auge stach, »Couch-prüfer.« Die Frau runzelte misstrauisch die Stirn. »Unser Datensystem ist zusammengebrochen. Die ganzen Informationen über die Möbel unserer Kun-den sind demnach verloren gegangen. Wir gehen von Kunde zu Kunde, um alle notwendigen Daten wieder-zuerlangen. Dann gibt es noch diese Statistiken, die sich daraus ergeben. Sehr wichtig.«

Ich konnte regelrecht spüren, wie Shane sich zurückhalten musste, nicht zu lachen.

Die Frau zögerte.

»Warum finde ich euch auf den Boden, ohne dass ich euch hereingelassen habe?«, bohrte sie weiter.

Wenigstens wirkte sie nicht mehr so angespannt und wütend wie vorher. Vielleicht dachte sie, wir wären nur verrückte Teenager, die ein bisschen Spaß haben wollten.

Bei diesem Gedanken blickte ich zu Shane, der leise gluckste. Er stand etwas hinter mir und weil er mir nicht gerade zu Hilfe kam, entschied ich mich, ihm einen sanften Tritt ans Schienbein zu geben.

»Die Haustür stand offen und wir haben nach Ihnen gerufen, aber Sie haben nicht geantwortet, deswegen haben wir uns gedacht, dass wir schnell unsere Arbeit erledigen, dann müssen wir Ihnen nicht das peinliche Missgeschick der Firma erklären.« Die Lüge wurde immer verrückter und unglaubwürdiger.

Doch aus einem unerklärlichen Grund glaubte sie mir trotzdem und entspannte sich. Sie seufzte erschöpft.

»Ich muss ins Büro. Bitte klingeln Sie das nächste Mal oder kommen Sie einfach später noch einmal vorbei. Sie haben mich wirklich erschreckt.«

Ich lächelte dankbar. Irgendwie kam mir das Gesicht bekannt vor und die Frau wirkte eigentlich ganz freundlich und sympathisch.

Im nächsten Augenblick fiel mir wieder ein, warum wir überhaupt hier waren.

»Den Wievielten haben wir heute?«, schoss es aus mir heraus. Die Frau runzelte misstrauisch die Stirn.

Danach konnte ich mich nicht mehr zurückhalten. »Wie heißen Sie eigentlich?«

»Verdammt«, fluchte Shane leise.

Als Couchprüfer hätten wir ihren Namen natürlich wissen sollen …

Ich seufzte. Jede Chance, das Buch hier zu finden, war vorbei.

»Ich glaube es einfach nicht«, brachte die Frau heraus, während sich ihre Augen in zwei Schlitze verwandelten.

Sie kam auf uns zu, als ich hinter ihr eine Gestalt erkannte, die unter dem Türbogen stand.

»Was für ein Zufall, das hat unser Boss auch gesagt, als er Ihren Artikel gelesen hat«, ertönte plötzlich eine dunkle, männliche Stimme.

Zwei große, breite und muskulöse Männer kamen in die Bibliothek hinein. Sie trugen ein böses Lächeln auf ihren Gesichtern und alles schien hart an ihnen zu sein: ihr Körper, ihre Wangen, selbst ihre Hände. Der eine hatte goldblonde, gelockte Haare und blaue Augen, sah aus wie Mitte dreißig und der andere war etwas größer und schlaksiger, auch blond, aber mit Bürstenschnitt und dunklen Augen. Beide wirkten nicht ganz harmlos. Die Frau hielt ihren Atem an und schluckte heftig. Irgendetwas stimmte hier nicht.

»Verschwindet aus meinem Haus. Alle.« Sie warf uns ebenfalls einen drohenden Blick zu. »Ich rufe die

Polizei. Das Revier ist nur zwei Straßen weiter. Ich zähle bis zehn. Raus hier!«

Der Breitere, Blauäugige lachte laut.

»Ich verlasse dieses Haus nur mit Ihnen, Emma Lawrence«, erwiderte er.

Emma Lawrence? Das war *sie*?

Wir befanden uns definitiv auf ... Smallon. In der lokalen Zeitung war sie eine bekannte Journalistin. Sie schrieb über Fälle, die bisher geheim oder unbekannt geblieben waren. Schon öfter hatte sie mit der Polizei gearbeitet, manchmal hatte sie für Storys ihr Leben aufs Spiel gesetzt. Diesmal war es sicher nicht anders und wir waren mittendrin.

»Eins«, zischte sie. Da holte der Muskelprotz auf einmal ein Buch heraus.

Mein Herz stoppte.

Mehrere Bilder huschten an meinem inneren Auge vorbei. Ich sah Aprilya lächelnd über genau dieses Buch gebeugt. Ich erkannte den Glastunnel und hörte Schritte. Alles verschwand, als das Buch in die vernebelte, dunkle Tiefe fiel.

Das Buch.

Aber was hatte es hier verloren? Während der Muskelprotz es weiter in seiner Hand hielt und teuflisch breit grinste, holte der Schlaksigere, der im Nachhinein einer Spaghetti sehr ähnlichsah, ein Feuerzeug heraus.

»Zwei«, hauchte Emma. Sie fixierte nur das Buch. »Drei.« Die Flamme leuchtete. »Legen Sie das Buch weg! Es hat überhaupt nichts mit dieser ganzen Geschichte zu tun«, schrie sie, als sich Spaghetti mit der Flamme dem Buch näherte.

Der Buchdeckel bestand aus dunklem Leder, das im Licht glänzte, ohne große Verzierungen. Ein dünnes Lederband hielt die vielen Seiten aneinandergepresst.

»Sie haben das, was unserem Boss am wichtigsten war, zerstört. Warum sollten wir mit Ihnen nicht dasselbe machen?«, meinte er und zuckte mit den Schultern. Emma war sprachlos.

Ihre Augen waren weit geöffnet, sie wurde blass. Alle hatten scheinbar unsere Anwesenheit vergessen.

Doch was sollte ich machen?

»Entschuldigen Sie mich, meine Herren, aber ich fürchte, Sie machen einen großen Fehler«, ertönte Shanes Stimme und sie hatte etwas Verführerisches und Freches in sich. Interessiert gab Muskelprotz seinem Kollegen ein Zeichen, das Feuerzeug wegzustecken. Ich atmete erleichtert auf. »Wir sind von der Polizei und tragen beide ein Funkgerät, meine Kollegen schneiden alles mit. Wir können uns auf einen Deal einigen. Wenn Sie diesen Ort verlassen und dieser Frau nicht nahetreten, dann lassen wir Sie gehen.«

Shane hatte sich den beiden Männern genähert und ich folgte ihm.

Zuerst schienen sie wirklich überzeugt. Die Luft stand unter Strom, alle warteten auf die nächste Reaktion. Plötzlich prusteten beide los und Muskelprotz grinste höhnisch.

»Jungchen, wir bei der Mafia, wissen wie die Polizei aussieht. Sie ist zu ängstlich«, er zeigte auf mich, »und du zu angeberisch«, sagte er mit einem angewiderten Unterton. Seine Miene wurde wieder ernst. »Außerdem wissen wir, wo jeder einzelne Polizist in Smallon wohnt.«

Die Mafia. Das hatte uns noch gefehlt.

»Schluss mit den Diskussionen. Ihr kommt alle mit. Ohne Wenn und Aber«, ertönte laut die etwas hellere, aber gefährliche Stimme des Spaghetti-Typen.

Nun kam Muskelprotz mit angespanntem Gesicht auf uns zu. Emma stand neben mir und als mein Blick zu Shane wanderte, drehte er seinen Kopf zum Fenster.

Ich sah im selben Moment seinen Plan in einer Vision vor mir und entschied mich gegen die Schmerzen, die er dabei haben würde. Doch es war zu spät. Er ergriff meine Hand und zog mich mit sich. Automatisch hielt sich Emma an mir fest und schnappte sich das Buch aus den Händen des schlaksigen Typen. Der Unterschied zum ursprünglichen Plan war, dass ich den Zeitsprung rief und wir uns im selben Moment anstatt durchs Fenster in den Zeitsprung warfen.

Wir landeten heil auf den Füßen und befanden uns auf der Straße vor Emmas Haus.

Emma starrte mich mit großen Augen an.

»Wer seid ihr wirklich?«, hauchte sie. Aber wir hatten keine Zeit, um zu reden. Wir hörten das Trampeln im Haus und Shane nahm Emma das Buch weg.

»Hey! Was soll das?«, schrie Emma ihn an und wollte nach dem Buch fassen.

»Wir oder die beiden. Du hast die Wahl«, antwortete Shane.

Sie verstand schnell und nahm wieder meine Hand.

Ich konzentrierte mich.

Nichts. Gar keine Reaktion.

Ich seufzte und schüttelte den Kopf. Warum ließ mich ausgerechnet jetzt der Zeitsprung im Stich?

»Wir kriegen euch!«, schrien die beiden Männer hinter uns. Ihre hässlichen Stimmen unterbrachen meine Gedanken und wir hatten keine andere Wahl, als zu rennen.

In dieser Wohngegend kannte ich mich überhaupt nicht aus. Hier wohnten nur die Reichen und Schönen.

Nach ungefähr hundert Metern blieben wir an einer verlassenen Kreuzung stehen.

Die Straßen waren leer, die Autos standen in den Garagen und die Häuser waren durch riesige Hecken oder Zäune geschützt.

»Nach rechts in den Park! Bei schönem Wetter gibt es dort immer sehr viele Leute!«, rief Emma und zeigte in die gewünschte Richtung.

Uns blieb kaum noch Zeit. Ein weißer, kleiner Bus brummte hinter uns und als ich mich umdrehte, erkannte ich hinter der Windschutzscheibe das schmale Gesicht des Spaghetti-Typen. Shane riss mich wieder mit sich und wir bogen nach rechts.

Anders als das letzte Mal, als ich wie eine Verrückte vor etwas geflohen war, fühlte ich mich furchtbar. Die Schuhe waren nicht dieselben, wir kamen langsamer voran. Mir schmerzte alles und mein Hals brannte.

Ich wollte aber auch nicht stehen bleiben. Etwa dreihundert Meter weiter erkannte ich die ersten Bäume und den Anfang eines Kieselwegs. Vier große Pfosten versperrten den Weg für Autos. Es war unsere einzige Chance. Sie war klein, aber es gab sie.

Ich versuchte, den Zeitsprung zu rufen, aber er war immer noch in seinem Streikmodus. Als ich mich ein weiteres Mal umdrehte, um zu sehen, wo der Bus war, durchzuckte mich ein merkwürdiges Gefühl. Ich duckte mich und hörte einen Pistolenschuss.

Der Bus wurde schneller.

Als ich weiter rennen wollte, bemerkte ich, dass Shane Emma in seinen Armen trug. Ihre Bluse war blutgetränkt und ihr linker Oberarm getroffen. Tränen rannten über ihre Wangen.

»Ich versuche sie zu heilen. Die Kugel hat sie gestreift«, schrie Shane mir zu.

Ich nickte und wirbelte herum.

Der Bus näherte sich in höchster Geschwindigkeit und mein Blick wanderte zu den Pfosten, die noch hundertfünfzig Meter von uns entfernt waren.

Ich suchte hoffnungsvoll nach meinen Waffen. Zuerst fasste ich an meinen Hals, doch ich spürte die Kette mit der Bombe nicht.

Hatte ich eigentlich mein Schwert? Sofort rutschten meine Hände in meine Hosentaschen und voller Erleichterung holte ich den Messergriff aus der rechten heraus, den ich daraufhin zu einem glänzenden Schwert ausfahren ließ.

Ich befand mich mitten auf der Straße, Shane hatte Emma auf den Bürgersteig gelegt und konzentrierte sich darauf, ihre Wunde zu heilen.

Der Bus verlangsamte sich nicht. Die beiden hatten nicht vor, gegen mich zu kämpfen. Sie wollten ihre Arbeit schnell erledigen, aber ich durfte nicht ausweichen.

Gib niemals auf. Vertraue niemandem.

Ich war auf mich allein gestellt.

Die Worte meiner Mutter wirkten auf mich wie Jesus´ Worte für einen Gläubigen. Mit neuer Kraft und neuem Mut blieb ich standhaft.

50 Meter. 25. 10. 1.

Shanes Schrei hallte noch in meinen Ohren, als ich auf der dreckigen Straße lag. Es folgte ein metallisches Geräusch, das dem Zerquetschen einer Dose ähnelte, nur sehr viel lauter. Kurz vor meinem Aufprall mit dem Bus hatte ich mich zur Seite geworfen. Weil es zu spät gewesen war, um rechtzeitig zu bremsen, war er gegen die Pfosten geknallt.

Ich richtete mich auf allen vieren auf und spürte Shanes Hände, die meine ergriffen. Er zog mich hoch und umarmte mich.

»Du hättest sterben können«, flüsterte er.

»Wenn der Tod mich begehren würde, dann er hätte er mich schon längst haben können«, antwortete ich mit einem Schmunzeln und sah in Shanes glitzernde, schwarze Augen.

Wir realisierten beide, dass es noch nicht zu Ende war.

»Ich denke nicht, dass sie sehr verletzt sind. Wir müssen in den Park«, sprach er.

Emma tauchte neben uns auf. Sie blutete nicht mehr und war einigermaßen wohl auf. Nur der Schock brandmarkte ihr Gesicht.

»Ich weiß nicht, wie ich euch danken soll. Aber wer seid ihr?«, brachte sie heraus und blickte uns fasziniert an.

»Wir haben jetzt keine Zeit. Wir müssen weiter«, erwiderte ich. Wir joggten zum Park, am Bus vorbei.

Tatsächlich waren die beiden nicht wirklich verletzt, aber zwischen der Windschutzscheibe und ihren Sitzen eingeklemmt. Das würde uns einen Vorsprung geben.

Oder auch nicht. Im nächsten Moment ertönte ein Knall. Ich wirbelte herum und die Fahrertür lag auf dem Boden. Muskelprotz quetschte sich heraus und Spaghetti kroch aus dem Fenster.

Shane zog mich mit sich und wir rannten den Kieselweg entlang, der nach unten führte. Die Schatten der Bäume wölbten sich über uns und boten eine angenehme Frische. Wir kamen unten an. Eine Wiese erstreckte sich vor uns und der Kieselweg führte uns weiter in den Park hinein. Das Gras war vertrocknet und hatte einen gelblichen Ton, die Bänke waren mit Graffitis übersät. Auf der anderen Seite gab es magere Büsche und kleine Bäume und der Weg bog nach rechts ab. Von hier aus hörte ich schon das Kreischen kleiner Kinder. Und auch die Rufe unserer Verfolger.

Schnell durchquerten wir das letzte menschenleere Stück und landeten mitten auf einer Promenade. Überall waren Frauen, Männer, Hunde, Kinder, Kinderwagen und Frisbees. Es gab sogar Opas, die ihren Enkeln verschiedene Blätterarten zeigten.

Der Himmel war strahlend hellblau, die Sonne schien prächtig: ein wunderschöner Tag für Smallon.

Nur nicht wirklich für uns.

Vor uns lag eine riesige, grüne Wiese. Unzählig viele Leute lagen auf ihren Handtüchern und genossen ihre Freizeit. Das Trampeln der beiden Mafiosi war deutlich hörbar. Wir mussten eine Entscheidung treffen, denn scheuen würden sie sich nicht.

»Schnell über die Wiese!«, rief ich.

»Was?«, ertönte Emmas Stimme, aber sie hatte keine Zeit zu widersprechen. Shane packte sie am Oberarm und zog sie mit sich.

Wir stürmten los.

Die ersten paar Meter lag noch keiner da.

Doch jetzt kam ich einem entspannten, jungen Mann immer näher. Ich zögerte einen Augenblick und bemerkte, dass ich Shane und Emma voraus war. Hinter mir blickten unsere Verfolger verstört um sich. Muskelprotz entdeckte mich und sie rannten los. Ich hatte keine andere Wahl, als über den ersten Mann zu springen.

»Entschuldigung!«, schrie ich. Das war jedoch unnötig, denn Shane und Emma sprangen auch sofort über ihn.

Nun wurde es ziemlich heikel. Hier lag eine Frau schräg, hier zwei Kinder total im Weg und dort ein Paar, das sich über zwei Quadratmeter ausbreitete.

Wir mussten uns trennen. Emma und Shane rannten auf meiner Rechten und mit jedem Sprung schienen wir uns weiter voneinander zu entfernen.

Muskelprotz hatte es zwar auf mich abgesehen, denn ich begegnete oft seinem durchdringenden Blick, aber er war stärker und nahm deshalb die Verfolgung von Shane auf, der Emma beschützte.

Spaghetti hatte lange, athletische Beine und sprang manchmal über zwei Menschen gleichzeitig.

Ich hörte Rufe. Die Menschen hinter uns beschwerten sich und erweckten die Aufmerksamkeit derer, die noch vor uns im Gras lagen. Es fing an, chaotisch zu werden. Plötzlich tauchten die Visionen auf.

»Shane, ducken!«, schrie ich, so laut ich konnte. Er warf sich auf den Boden, bevor Muskelprotz´ Kugel ihn treffen konnte.

»Emma, spring!«, befahl ich, denn ich sah, wie ein Mann ihren Knöchel packen und sie ins Gras ziehen würde.

Ich legte eine Vollbremsung ein.

»Wehe, du fasst mich an«, zischte ich einer Frau zu, die mich sonst zum Fallen gebracht hätte.

Mit großen Augen starrte sie mich an.

Ich sprang ohne Rücksicht über sie.

Bevor ich reagieren konnte, wirbelte ich zur Seite und sah dem zu, was in der Gegenwart passierte: Muskelprotz hatte Shane eingeholt und schlug ihm nun ins Gesicht.

Außerdem hatte der Schlaksige nun eine Abkürzung genommen, um Emma zu erreichen.

»Lauf!«, rief ich mit großen Gesten.

Panisch schaute sie in alle Richtungen, denn sie sah mich nicht. Den Spaghetti-Typen, der von hinten auf sie zukam, erblickte sie zu spät.

Shane lag auf dem Boden. Ich wollte zu ihm, als Muskelprotz sich über ihn beugte, Shane hochsprang und ihn mit der Faust ins Gesicht schlug. Die Menschen um sie herum reagierten nicht. Sie ließen ihnen sogar Platz zum Kämpfen. Warum griffen sie nicht ein?

Während sich Muskelprotz vom Schlag erholte, zeigte Shane nach vorne. Ich folgte seinem Zeigefinger und sah ungefähr fünfzig Meter weiter zwei Pferde mit Polizisten darauf.

Ich machte mich keuchend auf den Weg, während Hände nach mir griffen und mich stoppen wollten.

Emma wehrte sich, so gut es ging, aber lange würde sie nicht mehr durchhalten. Endlich hatte ich mein Ziel erreicht und außer Atem und mit Seitenstechen blieb ich vor den schönen, braunen Pferden stehen.

Die Polizisten waren dafür aber nicht gerade schön.

»Hilfe ... eine Schlägerei! Die Mafia!«, hauchte ich verzweifelt und atemlos.

Keiner der beiden reagierte.

Einer musterte mich mit purer Gleichgültigkeit und der andere starrte mich mit gerunzelter Stirn an.

Ich stand unter Schock.

»Warte mal, bist du Rhapsody Lossen?«

Oh, verdammt!

»Du bist es!«, zischte der Polizist und zeigte mit seinem Zeigefinger auf mich. »Deine Eltern haben schon die Suche nach dir aufgegeben. Wo ist dein Bruder?«

Das war der schlechteste Zeitpunkt überhaupt, um über so etwas zu diskutieren.

»Das tut mir wirklich leid, aber meine Freunde sterben gleich. Also wenn Sie bitte etwas machen könnten, dann wäre ich Ihnen sehr dankbar«, sagte ich, aber der Polizist hatte mir gar nicht zugehört, denn er zitierte mir irgendwelche Gesetze.

Sein Kollege schien an der ganzen Sache genauso interessiert zu sein, wie eine Kuh, die ihr Gras fraß.

Ich seufzte. Mein Blick wanderte vom quatschenden Polizisten zu seinem Pferd.

Ich sah mich nach Emma und Shane um. Sie brauchten Hilfe. Zu Fuß würde ich nicht zu ihnen gelangen können.

Ohne zu zögern, rannte ich auf das Pferd los und stieß den Polizisten zu Boden. Ich klammerte mich irgendwo am Sattel fest und zog mich mit meiner gesamten Kraft hoch.

Das größte Problem war jedoch, dass ich weder reiten konnte, noch hatte ich mich jemals auf einem Pferd befunden.

Der Kollege blieb regungslos auf seinem ebenso versteinerten Pferd sitzen und blickte unglaubwürdig auf den anderen Polizisten herunter.

Endlich fand ich eine angemessene Position. Doch das Pferd verhielt sich nicht wie geplant, ging panisch ein paar Schritte nach vorne und hinten, rüttelte und schüttelte mich auf seinen Rücken durch, bis es seine Vorderbeine in die Luft hob und ich meinen Halt verlor. Ich landete hart auf den Boden und mein Rücken schien in tausend Stücke zu zerbrechen.

Alles schien verschwommen zu sein, mein Kopf hämmerte und trotz der Schmerzen versuchte ich, mich auf Shane und Emma zu konzentrieren. Ich versagte. Mein Kopf rollte zur Seite.

Ich sah den Polizisten in mehrfacher Ausführung auf mich zukommen. Ich hörte irgendetwas säuseln, aber ich verstand nicht, was ...

Er wollte mich hochziehen und ich schrie, denn es tat so furchtbar weh. Ich sträubte mich gegen jede Bewegung und zuletzt ließ er mich los.

Als ich mit meinen Augenlidern blinzelte, war nicht der Kopf über mich gebeugt, den ich erwartet hatte.

Ein junger Mann lächelte mich an.

Er hatte dunkelgrüne Augen und seine Haare trugen eine goldbraune Farbe. Er sah wirklich toll aus und irgendwie tröstete es mich für einen Moment.

»Hey, ich bin Johnny. Diese Polizisten ... sie machen einem das Leben ganz schön zur Hölle. Jemand hat einen Krankenwagen gerufen«, sagte er.

Hinter ihm tauchte jetzt der auf, den ich vor zehn Sekunden erwartet hatte.

»Geh weg. Lass sie in Ruhe«, knurrte Shane verärgert.

Er hatte Nasenbluten, aber in der nächsten Sekunde endete es wieder.

»Wer bist du denn? Ihr Freund? Warst wohl nicht da, als sie dich brauchte?«, meinte Johnny sarkastisch, doch das Lachen verging ihm schnell.

Shane schlug mit voller Wucht zu. Daraufhin schwankte Johnny ein bisschen und rammte dann Shane seine Schulter in den Bauch. Shane boxte in Johnnys Rücken und wollte ihn zu Boden bringen. Doch da richtete sich Johnny auf und versuchte, Shane eine Faust ins Gesicht zu schlagen. Shane stoppte die Faust, ergriff Johnnys Hand, drehte sie auf seinen Rücken, sodass er laut aufschrie. Dann drückte Shane sein Knie in Johnnys Rücken und ihn damit zu Boden.

Hatte Shane Johnny gerade nur aus Eifersucht den Arm gebrochen?

Im nächsten Augenblick erkannte ich Shanes Funkeln in seinen Augen.

»Nein! Shane, tu es nicht!«, rief ich laut und Shane versteinerte sich.

Er drückte ihn noch ein letztes Mal zu Boden und ließ ihn dann los, um sich aufzurichten und mich mit einem verletzten Blick anzusehen.

»So war das nicht gemeint!«, erwiderte ich sofort, denn natürlich hatte er alles missverstanden und dachte, ich würde Johnny mehr mögen als ihn.

Irgendwie schien er nicht darauf zu achten, dass ich schmerzverzerrt auf dem Boden lag und mir Johnny nur seine Hilfe angeboten hatte.

Warum war er so eifersüchtig?

Johnny drehte sich um, während Shane zu mir kam und seine Hand unter meinen Rücken gleiten ließ. Wärme durchströmte meinen Körper. Es knackste ein bisschen, schmerzte aber nicht wirklich.

Mir ging es um einiges besser und ich wollte mich aufrichten, als Aprilyas Buch neben mir auf dem Boden landete.

»Hier. Jetzt brauchst du mich ja nicht mehr«, sagte Shane und wirbelte herum.

Ich war sprachlos. Wie konnte er so etwas sagen? Als ob ich ihn bloß benutzt hätte!

Ich richtete mich auf und folgte ihm.

Was mich natürlich nicht wunderte, war der Polizist, der immer noch auf seinem Pferd saß und die ganze Szene teilnahmslos verfolgte.

»Shane! Warte! Was soll denn das?«, rief ich ihm hinterher.

Er blieb stehen.

»Das sollte ich dich doch fragen! Alles dreht sich nur um dich und deine Mutter. Deine Mitmenschen bedeuten dir nur etwas, wenn sie dir helfen, deine geliebte Mutter zu finden!«, zischte er sarkastisch.

»Oh, ich verstehe. Der Herr ist wohl eifersüchtig, dass sich nicht die ganze Welt nur um *ihn* dreht. Um *seine* Schuldgefühle, bei jedem kleinsten Schritt, den *er* macht. Akzeptiere deine Fehler und lebe damit!«, antwortete ich.

»Weißt du, was du bist?«, fragte er auf einmal. »Unglaublich *egoistisch*. Dir sind wohl alle Gefühle und Gedanken außer deinen egal. Das Einzige, das dich zum Weiterleben zwingt, ist: Gib niemals auf und vertraue niemandem. Aber du hast es nicht verstanden. Wenn du niemals aufgibst, heißt das nicht, dass dir keine Grenzen gesetzt sind und wenn du niemandem vertraust, stehst du am Ende ganz allein da.«

Ich erstarrte und konnte nicht atmen. Seine Worte waren wie Messerstiche und etwas in mir schrie, zu Recht.

»Ich erwarte nicht, dass ich unbedingt derjenige bin, dem du dein ganzes Vertrauen schenkst, aber du scheinst ja noch nicht mal zu verstehen, dass ich ...«, er stoppte plötzlich, schluckte heftig und drehte sich herum.

»Dass du was?«, fragte ich.

»Ach, vergiss es. Du verstehst das nicht. Du verstehst *gar nichts*. Nicht wie ich mich fühle, nicht wie ich denke, nicht wie ich handle … es ist dir gleichgültig. Also warum sollte *das* von großer Bedeutung sein? Ich habe Fehler gemacht und das akzeptiere ich jetzt.«

Das war das Schwert, dessen kühle Klinge mein Herz durchdrang.

Ich sah Reue in Shanes Blick.

Ich habe Fehler gemacht und das akzeptiere ich jetzt.

Ich war der Ursprung seiner Fehler gewesen.

Ich war sein größter Fehler.

Shane ging weiter und verschwand im Wald.

Ich hörte die Sirenen des Krankenwagens und entfernte mich von dem ganzen Desaster.

Meine Hand umklammerte das Buch, das mir nun wie ein Fluch erschien.

Während die Sonne anfing, ihren Nachhauseweg einzuschlagen, folgte ich Shane schweigsam in den dunklen, moosigen Wald. Meine Tränen rannten leise und traurig meine Wangen hinunter.

Kapitel 9

Mir wurde klar, dass ich mehr für Shane empfand als nur Freundschaft, was ja offensichtlich war.

Kummer und Wut machten mich wahnsinnig. Ich wollte mich mit ihm versöhnen ... und ihn doch gleichzeitig niemals wiedersehen müssen.

Aber ich war sein größter Fehler gewesen und er hatte gelernt, es zu akzeptieren.

Dass er mich an Yiero verraten hatte, schien nun gar nicht mehr so schlimm. War er sich eigentlich bewusst, wie sehr er mir damit wehgetan hatte? Ich hoffte, dass er sich wenigstens *dafür* schuldig fühlte.

Ich wusste nicht, wohin er ging. Seit dem Streit war einige Zeit vergangen und wir hatten nicht miteinander gesprochen.

Auf einmal schlüpfte Shane durch einen dicht bewachsenen Busch und ich erspähte grauen Asphalt.

Ich zögerte. Würde er es merken, wenn ich ihm nicht mehr folgte? Wenn ich einfach spurlos verschwinden würde?

Vielleicht nicht unbedingt Shane, aber Hojono. Denn ich würde ohne Shane zurückkehren und das würde ihn nicht erfreuen.

Seufzend schlüpfte ich durch den Busch und befand mich auf einer Straße. Shane schlenderte schon den Bürgersteig entlang und wollte in die nächste Straße nach rechts abbiegen, als er auf einmal stoppte und wartete, bis ich nur noch einige Meter hinter ihm war.

Verdammt, er *würde* es merken, wenn ich ohne ihn wegginge.

Wir liefen ungefähr noch zehn Minuten, bis wir vor einem kleinen cremefarbenen Haus stehen blieben.

Auf dem Briefkasten stand »Elizabeth Coelle«. Der Name kam mir nicht bekannt vor.

Shane ging durch das kleine weiße Tor, das ihm bis zur Hüfte reichte. Ein Gentleman war er nicht, denn er hatte mir nicht die Tür aufgehalten. Der Garten war gemäht worden und rote Rosen kletterten an der Frontfassade hoch.

Vor der Tür blieb er stehen und klopfte dreimal.

Eine mittelgroße, alte Frau öffnete und musterte uns aufmerksam. Sie hatte weißes, frisiertes Haar und dunkle Augen. Genaues konnte ich nicht erkennen, denn sie stand im Schatten des Türspalts. Ihre vielen Falten erinnerten mich an Narben des Kummers. Über ihrem blauen Kleid trug sie eine Schürze.

Zuerst blickte sie ratlos in Shanes Augen und dann fiel ihr Kiefer auf einmal herunter.

»Shane? Wie lange ist das her? Komm in meine Arme!«, rief sie und Shane folgte ihrer Bitte.

Wer war diese alte Dame und warum kannte Shane sie?

»Hallo, Oma«, murmelte er.

Natürlich! Er hatte doch einige Monate hier bei seiner Großmutter gelebt, als er es bei seinem Stiefvater nicht mehr ausgehalten hatte.

Ich hatte ganz vergessen, dass wir schon in der Highschool eine Vorgeschichte hatten und er sich damals schon nicht sehr um mich bemüht hatte.

Doch seine Großmutter schien glücklich, ihn wiederzusehen. So kalt ich mich Shane gegenüber auch verhielt, konnte ich das nachvollziehen. Schließlich hatte sie ihren Enkel seit vier Jahren nicht mehr gesehen, nachdem er kurz nach dem Tod seiner Eltern von der Erdoberfläche verschluckt worden war.

Sie löste sich von ihm und sah mich dann mit einem Lächeln an.

»Und wer ist diese reizende junge Dame?«, fragte sie.

»Rhapsody, das ist meine Oma, Liza. Oma, das ist Rhapsody«, stellte er uns einander vor.

»Ich freue mich, Sie kennen zu lernen, Mrs. Coelle«, sagte ich höflich und streckte meine Hand aus. Sie nahm sie und schüttelte sie.

»Wir können leider nicht lange in Smallon bleiben. Morgen fahren wir wieder. Dürfen wir die Nacht bei dir verbringen?«, bat er sie um ihre Gastfreundschaft.

»Ja, klar! Kommt herein, oben ist das Gästezimmer. Ein Doppelbett macht euch doch nichts aus, nicht wahr?«, zwitscherte sie, während sie sich umdrehte und die Treppen langsam hochstieg.

Ich wagte nicht, irgendetwas zu sagen.

Lieber würde ich draußen als mit *ihm* im selben Zimmer schlafen.

Ich konnte nicht glauben, dass ich ihn vor Kurzem wirklich geküsst hatte.

Die Stufen waren aus Holz und ein cremefarbener mit Blumen verzierter Teppich war darauf ausgelegt worden.

Als wir im Obergeschoss ankamen, gab es drei Türen. Sie führte uns auf die rechte Seite des kleinen Flurs und ließ uns in das Gästezimmer eintreten.

Das Bett nahm fast den ganzen Raum ein.

Vergilbtes Papier lag auf dem Tisch, der rechts neben dem großen Fenster stand, und gleich neben mir befand sich der Holzschrank.

Zwischen den beiden Möbelstücken gab es eine Tür, die zum Badezimmer führte.

»Macht euch mal frisch, ihr seht aus, als hättet ihr euch im Gras gewälzt! Ich bereite währenddessen das Abendessen vor und rufe euch dann, wenn es so weit ist!«, meinte sie und verschwand aus dem Zimmer.

Sie schloss leise die Tür und ließ Shane und mich schweigend im selben Zimmer.

Ich konnte nicht anders, als jedes einzelne Detail in diesem Raum zu betrachten, um Shanes Blick aus dem Weg zu gehen: Die Wände waren weiß, die Bettlaken hellrosa und ein gelber Teppich lag auf dem kühlen Parkett.

»Rhapsody, es tut mir leid …«, fing Shane an.

»Lass mich in Ruhe!«, warnte ich ihn. »Das geht nicht so einfach!«

Seine Augen waren dunkel, klein und traurig.

Ich hatte noch nicht einmal Mitleid mit Shane. Denn diesmal trug er wirklich die ganze Schuld.

Damit verließ ich den Raum und schloss die Badezimmertür hinter mir.

Dachte er wirklich, ich würde ihm so schnell wieder verzeihen?

Es ging nicht immer um meine Mutter oder mich. Ich wusste nicht, warum Yiero hinter mir her war. Meiner Meinung nach war es auch verständlich, seine wahre, lang verschollene Mutter finden zu wollen.

Gerne hätte ich ihm diese Worte ins Gesicht geschrien, doch das würde mir nichts nützen.

Ich atmete schnell, zwang mich aber, mich zu beruhigen. Ich ging auf die andere Seite und sank an der Wand entlang auf den Boden. Wut würde mir auf jeden Fall nicht weiterhelfen. Da flossen schon Tränen meine Wangen hinunter. Ich war enttäuscht, verletzt und erschöpft.

Warum war Shane so gemein gewesen?

Wann würde das Grauen ein Ende finden und warum dachte Yiero, ich wäre das alles wert?

Da begegnete mein Blick dem kleinen Buch, das ich immer noch in meinen Händen hielt.

Sollte ich? Durfte ich? Meine Mutter würde es mir hoffentlich nicht übelnehmen.

Vorsichtig öffnete ich die dünne Lederschnur und klappte das Deckblatt auf. Die Seite war wie alle anderen in einen gelb-braunen Ton getaucht und trug diesen wunderbaren Ledergeruch eines alten Buches an sich. Das hatte irgendwie etwas Entspannendes.

In der Mitte stand:

Aprilya Garden.
Notizbuch.
Wenn Sie dieses Buch finden, sind Sie verpflichtet, es
dem rechtmäßigen Besitzer zurückzugeben.

Doch am Ende der Seite stand etwas viel Wichtigeres, in einer krakeligen Schrift, als hätte sie es ganz schnell aufgeschrieben:

Rhapsody, lies dieses Buch und übergebe es nicht Yiero.
Ich liebe dich mehr als alles andere im ganzen
Universum.

Ich musste lächeln, aber woher wusste sie, dass Yiero es haben wollte? War das schon einmal geschehen?

Die Tinte war deutlich in das Blatt eingezogen. Dieses Buch musste alt sein. Ich drehte die Seite um und entdeckte sofort einen ersten Eintrag. Sie hatte eine schöne Schrift, wenn auch schwer lesbar: Sie war einfach sonderbar.

23. Mai 2564:

Heute bin ich siebzehn geworden! Dies ist mein erster Tagebucheintrag. Ich habe gelernt, dass die Menschen lange vor der Asteroidkatastrophe oft in Tagebüchern ihre Ideen und Gedanken festgehalten haben. Nun kann ich endlich all meine Erfindungen niederschreiben!

Diese alte Sprache ... sie ist mir fast lieber als Terryanisch. Außerdem fühle ich mich ihr so verbunden. Als ob wir gemeinsam Geheimnisse hüten würden.

Mein Vater hat mir dieses wunderschöne Buch geschenkt. Es werden kaum noch Bücher produziert, meinte er, denn es wäre nicht nur zu aufwendig, sondern auch schädlich für die Umwelt. Jedes Stück Natur muss beschützt werden.

Meine Mutter hat mir einen Stift geschenkt, der vorne etwas merkwürdig geformt ist und der mit »Tinte« nachgefüllt werden muss. Sie sagt, er wäre antik.

Es fühlt sich eigenartig an, alles niederzuschreiben, was einem durch den Sinn geht.

Sollte ich verletzt oder enttäuscht sein, dass mein Vater heute Morgen gleich losmusste? Nein, schließlich bewundere ich ihn für seine Taten und ohne private Opfer könnte er niemals so gut über die Welt herrschen.

Anscheinend gab es Aufstände in den südlich liegenden Inseln, den Kulias. Mein Vater hat mir erzählt, dort gäbe es Menschen, die unsere Art zu leben nicht akzeptieren und sich zurückgezogen haben.

Nun haben sie anderen den Krieg erklärt: Das war nicht abgemacht.

Werde ich auch einmal Herrscherin der Welt sein? Im tiefsten Inneren meines Herzens wünsche ich es mir.

Will ich das auch wirklich?

Ja. Ich liebe die Menschen und ich möchte sie beschützen und für sie da sein.

Ich blätterte die Seite fasziniert um und begegnete einer komplizierten Zeichnung mit diesmal unleserlichen Notizen. Meistens waren es Zahlen, aber hier und dort kamen auch Wörter vor.

Meine Mutter wurde also am 23. Mai 2547 geboren. Ihr Vater war auch schon der Herrscher der Welt gewesen.

Also … mein Großvater?

Ich fühlte mich auf einmal viel besser, mir wurde warm ums Herz: Ich erfuhr mehr über meine Vergangenheit … meine Familie.

Ich drehte die Seiten um. Skizzen, Zeichnungen und Konstruktionen gaben mir einen winzigen Einblick in Aprilyas Welt der Kreation und Fantasie. Doch plötzlich gab es ein Loch zwischen 2570 und 2572.

Es war nichts niedergeschrieben worden.

Keine Zeichnung. Kein Wort. Nichts.

Der nächste Eintrag erklärte alles.

3. September 2572:

Lange habe ich mich nicht getraut, zu schreiben. Vor genau zwei Jahren wurde mein Vater vor meinen Augen ermordet. Er hatte mich bei einer seiner Reisen mitgenommen. Aber ich konnte ja nicht ahnen, dass man uns dann gefangen nehmen und nur ich überleben würde. Es gab eine provisorische Regierung: Einen Notfallplan gibt es immer. Meine Mutter und ich haben uns zurückgezogen. Sie hatte so viel Trauer und Kummer empfunden, denn sie gab sich für den Tod meines Vaters die Schuld. Kurz davor hatten sie einen Streit gehabt. Sie will mir immer noch nicht sagen, was damals geschehen ist.

Ich bekam meine Gefühle nicht in den Griff und wusste einfach nicht, was ich denken sollte. Mein Kopf war leer. Nichts wollte bis zu meinen Fingern gelangen, um es aufzuschreiben.

Aber ich habe lang genug gewartet.

Mein Kopf füllt sich wieder mit Ideen, mit Mut und Selbstsicherheit. Er füllt sich mit Kraft, mit Leben.

Die Wahlen sind in einer Woche.

Die geheime Ausbildung aller Kandidaten habe ich beendet und hervorragend bestanden. Ich werde gewinnen. Ich will die Herrscherin der Welt sein. Ich will den Menschen Glück und Gesundheit schenken.

Sie hatte nun mehrere Seiten auf einmal beschrieben. Es folgte eine Skizze, die sich auf zwei Blätter ausdehnte. Ohne die schriftlichen Details erkennen zu können, war mir klar, dass es sich um die dreizehn Türen vor Prylia handelte.

Im Februar des nächsten Jahres wurde wieder ein Tagebucheintrag verfasst.

16. Februar 2573:

Ich bin zur Herrscherin der Welt ernannt worden. Meine Berater wurden vom Volk gewählt und die meisten haben schon eine Amtszeit während der Regierung meines Vaters absolviert. Ich vermisse ihn sehr und ich denke oft, dass vielleicht ich hätte sterben sollen.

Aber ich wusste, dass es meinen Eltern unendliche Schmerzen und Qualen bereitet hätte.

Mein Garten ist fantastisch. Ich habe ihn so gestaltet, wie mein Vater es gemocht hätte. Meine Mutter liebt ihn und bezeichnet ihn als ihre Heimat.

Wenn sie als Herrscherin der Kommunikation Worte mit Pflanzen und Tieren wechselt, befinde ich mich in einer fremden Welt. Aber wir haben alle unsere eigenen Welten. Niemand weiß, was alles in meinem Kopf vorgeht. Manches bleibt den anderen verborgen.

Erklärte das, warum nur ich die Bilder im Zeitsprung erkennen konnte? Ich war mir sicher, dass es einen Zusammenhang mit meiner Gabe haben musste. Ich konnte Schicksale verändern und kontrollieren, das sollte nicht jedem erlaubt sein.

Ich tauchte wieder in die Vergangenheit meiner Mutter ein:

Ich habe Prylia, die unterirdische Stadt wieder zum Leben erweckt. Hier leben nicht sehr viele Menschen. Es gibt immer noch genug Platz.

Geografisch und historisch gesehen, war sie einmal ein Teil von einer Insel, die »Smallon« hieß.

Beim Aufprall des Asteroids hat diese sich in zwei geteilt.

Ich musste lächeln. Kein Wunder, dass ich als Baby auf Smallon gelandet war, wenn Prylia ursprünglich dazugehört hatte. Vielleicht lag Minasso ja auf dem anderen Teil und erklärte damit meine Rückkehr?

Es geschieht so viel, ich habe seit drei Nächten nicht geschlafen. Seit den Wahlen bin ich schon elfmal verreist.

Mein Vater hat es in seiner gesamten Amtszeit bis zu 643 Mal geschafft.

Ich werde auch zählen.

Ein neuer Herrscher wurde auf Mars gewählt. Sein Name ist Yiero, doch meine Berater heißen ihn nicht gut. Er soll ein Mondmensch sein, der sich in alle möglichen Gestalten verwandeln kann. Doch niemand hat ihn je gesehen und wer weiß, vielleicht hat er sogar einen anderen Namen!

Aber ich werde ihm nächste Woche auf Venus beim Treffen der Fünf begegnen. Ich finde es immer noch seltsam, dass Venus dreigeteilt wurde und es seitdem zwei Herrscher mehr beim Treffen gibt.

Wird Yiero überhaupt erscheinen? Und wenn, in welcher Gestalt?

Sie ahnte damals gar nicht, wie gefährlich Yiero war.

Als Nächstes gab es eine Zeichnung, die ein Loch darstellte. Ich las das Wort »Zeitsprung« darunter und begriff, dass es sich wahrscheinlich um das schwarze Loch in ihrem Palast handelte. Auf der nächsten Seite standen nur drei Zeilen:

24. Februar 2573:

Yiero ist nicht zum Treffen erschienen. Nein, stattdessen hat er eine kleine Insel südöstlich von Prylia dem Erdboden gleichgemacht.

Ich fröstelte. Nun wusste sie, wer Yiero wirklich war und warum ihre Berater ihn nicht mochten.

19. August 2573:

Yiero ist ein grausames Wesen. Ich will ihn nicht als Mensch definieren, denn er besitzt keine Menschlichkeit. Ihn einen Mondmenschen zu nennen, wäre eine Schande für alle anderen unserer Art.

Ich habe gerade erfahren, dass er eine der empfindlichsten Inseln der Erde bombardiert hat. Mehr als 7000 Menschen sind ums Leben gekommen. Es ist schrecklich und ich versuche, herauszufinden, wer er ist. Er verbirgt sicher nicht umsonst seine wahre Identität. Sie muss seine größte Schwäche sein. Aber ich werde keinen Krieg beginnen. Ich bin klüger als er und ich werde die Menschen befreien und ihm zeigen, was Menschenwürde ist, und dass er nicht hierhergehört.

Wünschte sie ihm den Tod? Das wäre nachvollziehbar.

Ein anderer Eintrag weckte erneut meine Aufmerksamkeit:

5. November 2573:

Heute habe ich jemanden kennengelernt, der mir sehr sympathisch erschien. Außerdem baut er extravagante Objekte. Vielleicht könnte er ja meine Ideen in die Realität umsetzen?

Sein Name ist Hojono Vuad.

Er ist mit seinem selbst gebauten Fahrradflugzeug vor dem Palast abgestürzt und ich habe ihn sofort auf unsere Krankenstation gebracht. Trotz seines gebrochenen Beins sieht er ... ziemlich gut aus.

Muskeln, blasse Haut und diese schönen nussbraunen Augen, so sanft ...

Ich schmunzelte. Wenn Hojono das lesen würde, dann wäre er überglücklich.

23. Mai 2577:

Ich kann es nicht glauben.

Hojono wollte mir zu meinem 30. Geburtstag gratulieren. Er kam mit roten Rosen.

Er hat sich vor mich hingekniet.

Er sagte: Ich liebe dich.

Ich fühle mich furchtbar. Teils, weil ich seine Liebe nicht erwidern kann, teils, weil ich ihn dadurch sehr enttäusche und verletze.

Doch hätte ich lügen sollen? Nein, das konnte ich nicht. Es ging schließlich um Liebe und was wäre schlimmer, als jemandem falsche Hoffnungen zu machen?

Diese Worte hätten ihn wiederum verletzt.

Ich empfand auf einmal Bewunderung für Hojono, dass er Aprilya trotz seiner unerfüllten Liebe nie im

Stich gelassen hatte und sich sogar um ihre Tochter kümmerte ... um mich.

1. April 2578:

Das wollte ich nicht. Aber irgendwie schon.

Warum muss ich mich ausgerechnet jetzt verlieben?

Ich habe keine Zeit für Gefühle, aber sie überwältigen mich und ich komme nicht dagegen an.

Seine grünen Augen leuchten wie Laternen, die mir meinen Weg zeigen werden.

Obwohl er groß und schlaksig ist, trägt er Würde und Eleganz wie einen edlen Mantel. Seine braunen Haare, die ihm bis zu seinen Schultern reichen, funkeln im Mondlicht wunderschön. Ein paar lockige Strähnen lassen ihn jünger aussehen.

Sein Name ist Amanus-Khainu.

Mein Traum war also ein Flashback gewesen! Sie war ihm tatsächlich begegnet und hatte sich in ihn verliebt. War *er* mein Vater?

Er besitzt einen außergewöhnlichen Charakter.

Er weiß wirklich viel über die alte Welt und über die Menschen im Allgemeinen.

Wir haben uns in meinem Garten kennengelernt, als ich nach vielen Reisen nach Hause zurückkehrte und einfach nur noch frei sein wollte.

Ich bin gegen ihn geprallt und er war so schüchtern und respektvoll!

Er hatte sich verirrt. Vor Kurzem erst ist er nach Prylia gezogen. In der Nähe gibt es eine Ernährungstablettenindustrie, in der er tätig ist.

Kaum einer arbeitet noch in diesem Bereich, das erledigen seit Jahrhunderten Roboter und Maschinen ... doch er ist eine Ausnahme.

Wir haben uns lange unterhalten und als meine Wachen einen allgemeinen Alarm ausgelöst haben, wurde mir erst bewusst, dass ich den ganzen Nachmittag und Abend mit ihm verbracht hatte.

Aber es hat mir gutgetan, so viel Zeit mit jemandem zu verbringen, der mich als Mensch betrachtet. Als jemanden, der auch Bedürfnisse und Gefühle hat, der nicht nur als Herrscherin und Beschützerin der Erde funktioniert. Yiero richtet so viel Schreckliches an, dass ich langsam vergesse, wann es je Frieden gegeben hatte.

Zwei weitere Inseln wurden zerstört. Ich habe bemerkt, dass sich alle auf einer Linie befinden, die geradewegs nach Prylia führt. Morgen reise ich zum potenziell nächsten Opfer. Nächste Woche kehre ich zurück. Dann sehe ich ihn wieder.

Es folgten regelmäßigere Einträge. Meine Mutter schrieb nun alle zwei bis drei Tage etwas in ihr Tagebuch.

Meistens erzählte sie von ihren Begegnungen und ihrer Erleichterung, denn Yiero hatte anscheinend aufgehört, voranzuschreiten und weiter grundlos zu morden. Sie berichtete viel von Amanus-Khainu und ihren Gesprächen. Sie war von seiner Persönlichkeit fasziniert.

15. Juli 2579:

Ich war mit Amanus heute im Garten, doch danach sind wir im Wald, der dahinter liegt, verschwunden. Er hat mir versprochen, dass er mich beschützen würde, und ich vertraue ihm natürlich.

Ganz davon abgesehen, dass jedes Stück Land permanent überwacht wird, doch das habe ich ihm nicht gesagt.

Im Wald haben wir dann einen alten Pavillon gefunden. Die Natur hat begonnen, davon Besitz zu ergreifen. Der Boden ist mit Pflanzen und Gras übersät und eine schlangenartige Flora umrankt das verzierte Holzgeländer.

Wir sind eingetreten. Ich habe mich fasziniert umgesehen, bis ich dann Amanus Blick begegnet bin und unsere Gesichter nur wenige Zentimeter voneinander entfernt waren.

Ich dachte zuerst, er würde es nicht wagen, doch plötzlich beugte er sich mutig vor und ich spürte seine Lippen auf meinen.

Ich kann mich nicht daran erinnern, was ich gefühlt oder gedacht habe. Ich habe den Kuss einfach genossen.

Wir haben uns noch mehrmals geküsst und jedes Mal wurde es immer schöner, besser und unglaublicher. Wir würden uns schließlich einen ganzen Monat nicht mehr sehen. Ich werde viel weg sein.

Langsam glaube ich, dass ich Amanus liebe.

Diese ganze Liebesgeschichte hatte etwas mehr als neun Monate vor meiner Geburt stattgefunden. Amanus-Khainu musste also mein Vater sein, oder?

Nachdem ich meine Mutter befreit hatte, würde ich ihn suchen. Vielleicht könnten wir dann alle wieder vereint sein? Ich drehte die Seite um und der nächste Eintrag war ein bisschen mehr als vier Monate später, aber an manchen Stellen waren die Wörter verschwommen. Sie hatte geweint, als sie dies schrieb:

21. Oktober 2579:

Wie konnte ich nur.

Ich war naiv, blind, blödsinnig.

Ich darf niemandem vertrauen.

Nie wieder.

Ich habe mein Leben und das von Tausenden von Menschen riskiert. Ich habe meine Augen nicht geöffnet, nicht realisiert, was für ein Wesen mit mir gespielt hatte.

Ich hatte ihn wiedergesehen.

Jede Erinnerung lässt mich zusammenzucken und immer wieder fließt erneut eine Träne über meine Wange.

Wir waren im Pavillon gewesen und ich hatte mit ihm die Nacht verbracht. Es war früh am Morgen, als ich aufwachte. Das Sommergras war noch nass und Tropfen hingen an jedem Blatt. Im Nachhinein erscheinen sie mir nun wie Tränen.

Ich lag auf seinem Oberkörper und eine dünne Decke genügte uns in der Sommerhitze.

Als er mit seinen Augenlidern geblinzelt hat, habe ich ihm mein schönstes Lächeln gegönnt. Er hat es erwidert, aber eigentlich war er in Gedanken vertieft.

Er hat den Himmel angesehen und angefangen zu reden.

»Es tut mir leid. Ich hätte niemals so weit gehen dürfen«, lauteten seine ersten Worte. Ich erinnere mich an alles. »Ich liebe dich so sehr, Aprilya.«

Tränen rannten ihm über seine Wangen und ich wich von ihm, als sein Oberkörper anfing sich zu verändern, größer und muskulöser zu werden. Sein Gesicht blieb fast gleich, nur brennende, rote Augen glühten im Sonnenlicht und weiße, dünne Haare ersetzten die braunen.

Ich hörte auf zu denken und zu fühlen.

»Ich offenbare dir meine wahre Gestalt. Ich heiße Amanus-Khainu und bin der Herrscher der Verwandlung. Man nennt mich Yiero, aber du sollst über all das schweigen, sonst sehe ich mich gezwungen, Prylia wieder

menschenleer zu verlassen.« Seine Stimme war tiefer, voluminöser, mächtiger. Als ich seine Augen sah, strahlte aus ihnen Zärtlichkeit, Zuneigung und Liebe. Wie konnte er bloß …?

Ich fühlte nur noch tiefen, schlechten, bösen Hass.

»Ich liebe dich, Aprilya. Es tut mir leid.«

Ich hatte mich in einen Kriminellen, einen Mörder, einen Diktator verliebt. In meinen größten Feind, Yiero.

Yiero, der Vater meiner Tochter.

Meine Augen rannten über die letzten Zeilen.

Ich zitterte. Ich dachte nicht, ich fühlte nicht.

Yiero war mein Vater.

Ich war die Tochter eines Teufels und einer Göttin.

Meine Beine ließen nach. Gedämpft hörte ich Shanes Klopfen. Seine Worte nahm ich nicht mehr wahr. Ganz langsam kehrte ich ins Hier und Jetzt zurück.

Alles in mir war leer.

Ich sah keinen Existenzgrund mehr in den Dingen, die mich umgaben. Ich wusste nicht, warum es *mich* gab.

Yiero, der Vater meiner Tochter.

Hatte er deswegen der Welt so viel Leid und Schmerz zugefügt? Weil er seine Tochter besitzen und sich seiner Aufgabe als Vater stellen wollte, obwohl er selbst die nicht beherrschte?

Ich fasste mich an den Kopf und krampfte mich zu einer Kugel zusammen.

Warum? Warum musste Yiero mein Vater sein? Warum hatte er meine Mutter entführt, Menschen ermordet und gequält?

Tränen strömten aus meinen brennenden Augen. Es schmerzte wie noch nie, denn ich konnte nichts an all dem ändern.

Gedanken reihten sich wie endlose Katastrophen aneinander. Sie ließen meinen Kopf pochen, meine Tränen kullern und mich meinen Glauben an jegliche Hoffnung verlieren.

Ich versank in meinem Schicksal.

*

Wie alte Skelette krümmten sich die Bäume unter dem Gewicht der Kälte. Nur noch ein paar Blätter hingen hier und dort, aber der Boden war mit braunen, roten und gelben Blättern bedeckt: ein dicker Teppich aus toten Wesen, die unter den leichten Schritten einer jungen Frau wie Feuer knisterten.

Aprilya ging zügig voran und erreichte nach einigen Augenblicken die Lichtung ... den Pavillon.

Die hellen, kalten Strahlen der Sonne beleuchteten sie wie ein Engel, während die dunklen Schatten von der Gestalt, die sich im Pavillon befand, beherrscht wurden.

Da drehte sich der Mann um.

Braune Haare, grüne Augen, einen Mann, der sie, ihre Tochter und die Erde ins Verderben gezogen hatte.

Bei diesem Gedanken legte sie ihre Hand behutsam auf ihren gewölbten Bauch, der von einem dicken, kugelsicheren dunkelgrünen Panzer beschützt wurde.

Amanus-Khainu blickte sie an und Wärme überwältige ihn. Er wusste, dass seine Liebe zu ihr eine große Schwäche war. Er musste seine Stärke und Macht behalten und durfte Aprilya nicht unterlegen sein.

Während seine Augenfarbe in ein sanftes Moosgrün wechselte, blieb die ihre grau und hart wie Stein.

»Ich freue mich, dass du gekommen bist«, sprach Amanus-Khainu ruhig. Es gab sonst keine Geräusche: Es flatterten keine Vögel, es krabbelten keine Insekten und es gab keinen Wind.

»Ich freue mich nicht, aber ich hatte keine Wahl, sonst hättest du ja mein Volk dafür büßen lassen«, erwiderte sie, ohne jedes Gefühl. »Was willst du von mir?«

»Ich wollte dich sehen und mit dir reden«, antwortete er und seine hauchdünnen Lippen formten sich zu einem Lächeln.

Sie schwiegen einige Augenblicke.

»Darf ich jetzt gehen, ohne dass du jemanden grundlos ermordest?«, bat sie um seine Erlaubnis und schüttelte dann fassungslos den Kopf. »Wie kannst du nur so sein? Du nimmst Menschen das Leben, eignest es dir an und warum? Ich verstehe nicht, was dein Ziel ist. Du wirst nicht mächtiger, sondern nur noch verabscheuungswürdiger. Deine Macht lebt durch Angst, nicht durch Respekt.«

»Du hast deine Vorstellungen und ich meine. Aber um das zu besprechen, bin ich nicht hier«, meinte er nach einigen Sekunden. Seine Gesichtszüge wurden zärtlicher, sanfter. Er schwächelte. »Ich liebe dich, Aprilya.«

»Ich bin angewidert von deiner Zuneigung. Sie ist eine Blamage für mich«, zischte sie.

»Und unser Kind?«, warf er ein.

Aprilya versteinerte sich und ihre Hände schienen sich zu verkrampfen. Was sollte sie antworten?

»Du weißt, warum ich hier bin. Wenn du Hojono Vuad zu deinem Lebenspartner ernennen wirst, dann ist das deine Entscheidung, aber ihn öffentlich als den Vater meines Kindes vorzustellen, ist unerträglich für mich. Deswegen verlange ich, dass du es mir freiwillig übergibst«, sprach er mit einem wütenden, imposanten Tonfall.

Ihr Blick glich einer kahlen, grauen Mauer.

Niemand konnte sie durchbrechen. Doch dahinter verbarg sich Angst, Schrecken und Scham.

Seine Worte schienen Löcher in ihre Mauer zu bohren.

Aber sie wehrte sich und gab Amanus keine Gelegenheit, auch nur eines ihrer wahren Gefühle zu erkennen.

Niemals würde sie ihm ihre Tochter übergeben. Weder freiwillig noch wenn sie nicht mehr imstande wäre, ihn aufzuhalten.

Sie war klüger als er. In seinen Augen hatten sich Härte und Eifersucht abgezeichnet, doch sie wusste, dass er sich nach einer bestimmten Ehre sehnte, nämlich Vater zu sein.

Lüge war eine Kunst, die nicht nur Amanus beherrschte. Sie versuchte einen sanfteren Blick aufzusetzen und ihre Augen öffneten sich voller Hoffnung.

»Wenn ich dich auch lieben würde«, hauchte sie und alle Härte wich von seinem Gesicht, »Würdest du mich dann verletzen wollen?«

»Nein, natürlich nicht«, antwortete er und ging mit großen Schritten auf sie zu, um ihre Hände zu ergreifen.

Sie ließ es zu und unterdrückte das eklige Gefühl, das die Berührung bei ihr auslöste.

»Das Vertrauen meines Volkes in mich ist sehr groß. Ich möchte ihm jedoch unsere Liebe nicht sofort gestehen. Demnach brauche ich eine Ausrede und das ist Hojono. Du bist und bleibst der Vater meines Kindes, Amanus. Vertraue mir.« Sie streichelte ihn und hatte das dringende Bedürfnis, sich am ganzen Körper zu waschen. »Aber hab Geduld.«

Er lächelte und nickte.

Sie beherrschte seine Schwäche und es war ihm keineswegs bewusst, dass hinter ihrer Heuchelei purer Hass steckte.

»Am besten, wir erzählen niemandem von unserer Beziehung, dann gibt es keinen Verrat und keine Enttäuschung«, erklärte sie weiter mit verführerischer Stimme. »Geduld und Vertrauen.«

Diese zwei Wörter waren wahr, denn sie musste ihm tatsächlich vertrauen, damit er keinen Schaden anrichten und schweigen würde.

Geduld brauchte sie auch – nur noch fünf Monate.

Er wollte sie küssen, doch sie warf ihm einen Blick zu, der ihn an ihre Worte erinnerte.

Sie versuchte einen Weg zu finden, ihr Volk zu beschützen und ihren Fehler, Amanus vertraut zu haben, rückgängig zu machen.

Er versuchte, an etwas Anderes zu denken als an sie und an die Macht einer Familie, die das halbe Universum beherrschen würde.

Kapitel 10

Ich wachte fröstelnd auf. Die weißen Kacheln des Badezimmers waren eisig. Das kühle, blasse Mondlicht streifte meine Haut.

Mein Blick suchte die Wände nach einer Uhr ab. Es war kurz nach Mitternacht. Ich hatte nicht auf die Uhrzeit geachtet, als wir in Smallon angekommen waren. Wie viel Zeit war seither vergangen?

Ich musste zurück. Ich richtete mich auf. Alles schmerzte aufgrund der ungemütlichen Position.

Da sah ich das aufgeklappte Lederbuch.

Als ob mir jemand kaltes Wasser ins Gesicht geschüttet hätte, kehrten alle Erinnerungen zurück.

Ich war Yieros Tochter.

Wieder kehrte das Gefühl der Leere in mir ein. Ich wusste nicht, warum ich nichts fühlen konnte. Lag es an seiner Fremdartigkeit?

Ich hatte Yiero noch nie gesehen. Etwas in mir sagte mir, dass es nicht mehr lange dauern würde. Wie sollte ich bloß mit diesem Horror umgehen? Konnte ich jemandem dieses Geheimnis anvertrauen?

Mir war bewusst, dass man mich wahrscheinlich gleich umbringen würde.

Wie eine immer wiederkehrende Melodie flüsterte eine Stimme in mir: *und Shane?*

Ich war sein Fehler gewesen. Warum sollte ich ihm weiterhin vertrauen? Er hatte mich an Yiero verraten, ich hatte ihm zwar verziehen, aber wenn es ein weiteres Mal passieren würde ...

Ich musste meine Gedanken ordnen. Ich sollte die Sache vorläufig niemandem anvertrauen, noch nicht einmal Shane. Es war besser so. Nicht nur für mich, sondern auch für ihn.

Würde er mich dann noch eines Blickes würdigen?

Ohne es wirklich zu wollen, brachte mich etwas dazu, wieder das Buch anzusehen.

Gab es noch weitere Einträge?

Ich griff nach dem Buch, blätterte bis zum schicksalhaften Eintrag und las ihn ein weiteres Mal durch. Ihre Worte schienen noch verzweifelter und schockierter zu klingen. Vielleicht, weil ich nun wusste, wie schrecklich alles war.

Yiero könnte und würde niemals dieses Buch bekommen. Sonst würde er nicht nur all ihre Erfindungen in Kraft setzen und damit sicher noch mehr Schaden anrichten, sondern auch alle Gefühle und Gedanken meiner Mutter kennen.

Er würde sie durchschauen und wissen, was wirklich in ihr vorging: Seine Sehnsucht wäre keine Schwäche mehr.

Mein Herz schlug schneller, als ich die Seite umdrehte. Ich atmete erleichtert auf, als ich einen Eintrag entdeckte.

Es war eine große Hoffnung, die mich dazu trieb, in den folgenden Zeilen nach Antworten zu suchen:

11. April 2580:

Ich habe Angst. Das ist das einzige Gefühl, das mich durchströmt, das ist der einzige Gedanke, der mich beschäftigt.

Jeden Augenblick ist es so weit. Jede Mutter würde sich auf diesen Moment freuen, aber ich habe Angst.

Das ist das Ende meiner Lüge. Yiero wird kommen und sie mir stehlen, wenn er erfährt, dass ich ihm meine Liebe nur vorgetäuscht habe.

Ich habe das Militär gewarnt. Sie sollen sich auf einen Angriff vorbereiten. Und wenn Yiero sie alle dem Erdboden gleichmacht?

Ich bin mir nicht sicher.

Ich könnte mir niemals sicher sein.

Hojono kümmert sich um mich, aber er ist natürlich nicht eingeweiht. Er weiß jedoch, dass ich ein Kind von einem Mann bekomme, dessen Identität verborgen werden muss und für mich eine große Gefahr darstellt. Er wird mir helfen, sie in Sicherheit zu bringen, so sehr ich sie auch liebe, so sehr ich mich auch nicht von ihr trennen mag.

Damit endete die Doppelseite und mir stockte der Atem.

Meine Mutter trug die Verantwortung für ein riesiges Volk, das keine Ahnung hatte, was für ein Druck auf ihr lastete. Sie durfte keinen Fehler begehen, sonst würde das Volk darunter leiden. Noch dazu war sie hochschwanger und musste gleich nach der Geburt für immer Abschied von ihrer Tochter nehmen.

Wie konnte Yiero nur jemandem, den er liebte, so viel Schmerz zufügen?

Ein Feuerball aus Groll, Unmut und Verzweiflung stieg in mir auf. Er ließ meine Brust, meine Kehle und meinen Kopf in Flammen aufgehen.

Die Wut war ein schreckliches, befriedigendes Gefühl. Wie ein Sturm, der das Wasser gegen das Ufer peitschen ließ, spürte ich, wie dieser Hass aus mir herausströmte und Wellen schlug.

Yiero würde zur Rechenschaft gezogen werden. Den Tod hatte er gar nicht verdient, das wäre schließlich zu einfach. Nein, er müsste leiden, und zwar nicht körperlich, das wäre unvernünftig, sondern in seinem Herzen, in seinem Geist.

Er musste das erleben, was er selbst allen Menschen angetan hatte.

Das Gewitter in mir zog vorüber und Stille breitete sich allmählich in mir aus.

Es hatte keinen Sinn, immer diesen Hass zu spüren, denn es gab so viel Schönes auf dieser Welt und ich besaß den Glauben, die Hoffnung, die mich dieser Schönheit näherbrachte.

Das Fenster war gekippt und frische Luft strömte in den Raum. Ich hörte Seitenflattern und bemerkte einen anderen Eintrag, der sich als der letzte herausstellte. Die Schrift war krakelig und die Tinte etwas verschmiert. Aprilya hatte dies wahrscheinlich sehr schnell aufgeschrieben:

13. April 2580:

Ich werde versuchen, das Buch zu Rhapsody zu schicken. Vor einigen Stunden ist sie geboren und als ich ihre gelb-leuchtenden Augen sah, schmolz mein Herz dahin und gab mir gleichzeitig wieder die Kraft, nicht aufzugeben. Ich werde bis an mein Lebensende kämpfen.

Yiero dringt durch den Wald ein, der Prylias Lichtung umgibt. Seine Armee scheint endlos zu sein. Ich hoffe, er findet nicht den richtigen Eingang und entdeckt damit Prylia. Natürlich ist es eine unterirdische Stadt, deren Himmel ich nur durch eine Illusion darstelle, aber vielleicht findet er einen anderen, mir unbekannten Weg, hier einzudringen.

Hojono ruft nach mir.

Ich muss mein Volk verteidigen, meine Armee anführen ... ich darf nicht aufgeben.

Wer auch immer dieses Buch findet, alle Erfindungen stehen unter Rhapsody Gardens Vollmacht. Sie ist meine Erbin. Die schriftliche Vollmacht habe ich an einen geheimen Ort versteckt. Hojono weiß Bescheid. Ich befehle dem Finder dieses Buches, es mir, Aprilya Garden oder meiner Tochter, Rhapsody Garden, zurückzugeben.

Rhapsody, falls du es findest: Kehre zurück und siege. Ich weiß, dass du die Einzige bist, die Yiero besiegen kann. Du hast nicht nur eine mächtigere Gabe als deine Eltern, die beide Mondmenschen sind, sondern auch die Macht über Yiero, der alles tun würde, um dich zu besitzen.

Gib niemals auf, Rhapsody, und ich wünsche mir, dass du jemanden findest, dem du dein Vertrauen schenken kannst. Wenn du absolut niemandem vertraust, wird dir auch niemand zur Seite stehen.

Meine Rhapsody, ich liebe dich bis zum Ende des Universums und wieder zurück.

Ich liebe dich auch, Mama, dachte ich das, was ich noch nie gesagt hatte.

Sofort erinnerte ich mich an Shanes Worte. Doch wenn ich Shanes größter Fehler war, dann würde es jemand anderen geben müssen, dem ich mein Vertrauen schenken könnte.

Aber du willst ja nur ihm alles anvertrauen, schrie es in mir. Ich verdrängte diese Stimme.

Plötzlich erspähten meine Augen in der Dunkelheit ein fremdes, blaues Licht. Zuerst schien es nur ein kurzes Aufleuchten zu sein, doch es kam immer wieder und übertrumpfte das Mondlicht. Alles um mich herum schien nur in Blau getaucht zu sein.

Ich richtete mich auf und sah vorsichtig aus dem Fenster. Zwei Polizeiwagen, eine schwarze Limousine und drei Polizeimotorräder kamen vor Elizabeths Haus zum Stehen. Es war klar, weshalb sie kamen.

Shane war seit Jahren und ich seit Tagen verschollen gewesen. Ganz davon abgesehen hatte ich auch einen Polizisten von seinem Pferd geworfen, bevor ich selbst heruntergefallen war. Außerdem hatten wir ziemlich viel Aufsehen erregt.

Uns blieben viereinhalb Minuten, bevor die Polizei uns entdecken und verhaften würde.

Ich blickte um mich, schnappte mir das Buch, steckte es hinten in meine Hose und zog das T-Shirt darüber. Dann floh ich aus dem Badezimmer, stürzte auf das riesige Bett und weckte den friedlich schlafenden Shane.

»Shane! Wach auf, die Polizei ist uns auf den Fersen!«, zischte ich, während ich zärtlich, aber eigentlich eher heftig an seiner Schulter zog.

Er brummte unzufrieden und drehte sich um. Langsam blinzelte er und seine Augen weiteten sich vor Überraschung mich zu sehen.

»Was?«, murmelte er etwas verschlafen, während er sich aufrichtete und ich aus dem Bett krabbelte.

Nur noch vier Minuten.

»Los, beeil dich! Wir müssen sofort weg!«, betonte ich und konzentrierte mich, meine Gabe zu aktivieren. Doch wieder schien der Zeitsprung lieber streiken zu wollen. Keine Reaktion.

Shane stand auf und ich erspähte seinen nackten, muskulösen Rücken. Bevor mein Blick weiter nach unten wanderte, wo Boxershorts und trainierte Oberschenkel folgten, drehte ich mich um.

»Shane, Rhapsody! Die sind gekommen, um euch zu holen, los flieht!«, rief Elizabeth.

Mein Blick wanderte zu ihrer Gestalt im Türrahmen. Ihre weißen Haare reichten ihr bis über die Schultern. Sie trug ein weißes Nachthemd und zeigte auf das dunkle Treppenhaus.

Ich stürmte vorwärts, Shane dicht hinter mir und Elizabeth folgte.

Als wir im Erdgeschoss ankamen, übernahm Shanes Großmutter die Führung, ging durch eine dunkle Küche und öffnete eine Tür, die eine große, doch chaotische und unaufgeräumte Garage offenbarte.

Das Licht einer Glühbirne tauchte den Raum in einen schwachen Schein und ich erspähte einen gut erhaltenen, roten Citroën DS und ein staubiges Motorrad.

Sofort galt meine ganze Aufmerksamkeit dem Motorrad. Unter der dicken Staubschicht glänzte es schwarz und wartete nur darauf, endlich wieder gefahren zu werden. Es war ein Sportmotorrad: Dünn und gelenkig wie ein Fahrrad, konnte man damit wahrscheinlich Saltos in der Luft schlagen.

»Mrs. Coelle, ich fordere sie hiermit auf, sofort die Tür zu öffnen!«, schrie ein Polizist. Ich erstarrte: Er schien gleich neben der Garage zu stehen.

»Ich komme, ich hänge mit meinem Negligé fest!«, antwortete sie wütend, während wir versuchten, uns auf den wenigen freien Stellen des Bodens fortzubewegen, um zum Motorrad zu gelangen.

Dann wirbelte sie herum und drückte Shane die Schlüssel in die Hand.

»Du weißt, die Bremse geht nicht richtig. Vermeide es, abrupt zum Stehen kommen zu müssen«, flüsterte sie. Er nickte und wollte schon aufsteigen, als ich eingriff.

»Shane, du kannst noch nicht einmal Auto fahren, wie willst du de...?«, fing ich an, doch sein verführerisches Lächeln unterbrach mich.

»Mein Großvater hat es mir beigebracht«, erwiderte er. Mit einer Kopfbewegung gab er mir an, mich hinter ihn zu setzen.

»Mrs. Coelle, Sie beherbergen zwei Kriminelle. Sind Sie sich dessen bewusst, dass dies strafbar ist? Öffnen

Sie die Tür oder ich sehe mich gezwungen in Ihr Haus einzudringen!«, ertönte wieder eine laute Stimme.

»Ich liebe dich, Shane. Pass auf dich auf und auch auf dein Mädchen«, murmelte Elizabeth und warf mir einen misstrauischen Blick zu. »So unschuldig sie auch wirken mag, sie stellt eine große Gefahr dar.« Shane antwortete nicht und ich saß hinter ihm, sodass ich seinen Blick nicht lesen konnte.

»Komm´ mich mal wieder besuchen, ja?« Ihre Stimme und ihre Augen glühten voller Hoffnung. Shane nickte heftig.

»Danke, Oma, dass du das alles für uns machst. Es tut mir so leid, dass du da mit drin hängst …«, sagte er und ich erschrak, als mir klar wurde, dass wir nur noch 50 Sekunden hatten.

»Oh, nein. Als ehemalige Polizeichefin von Smallon werde ich sie schon abwimmeln können, glaube mir«, meinte sie und ich musste schmunzeln.

»Danke«, brachte ich noch heraus, nachdem mir bewusst wurde, wie unhöflich ich mich benommen hatte. Sie lächelte und nickte hilfsbereit und freundlich.

Elizabeth huschte zurück in ihr Haus, es wurde dunkel und Shane hauchte:

»Bist du bereit?«

»Ja«, antwortete ich und er drehte den Schlüssel herum.

Im nächsten Augenblick fuhren wir durch den engen Schlitz des sich öffnenden Garagentors an allen Motorrädern und Polizeiwagen vorbei.

»Hey! Da sind sie!«, hörte ich einen Mann schreien, doch der Wind peitschte in mein Gesicht und ich klammerte mich an Shane, während die Geschwindigkeit stieg und wir weiter geradeaus fuhren.

Es ertönten grelle Sirenen und nun begann die Jagd. Shane bog nach rechts und wir näherten uns in Seitenlage gewaltig dem Asphalt.

Anders als befürchtet, brachte er es wieder in eine normale Position.

Er konnte wirklich gut Motorradfahren.

Wir rasten durch die Nacht.

»Wohin fahren wir?«, schrie ich ihm ins Ohr.

»Keine Ahnung!«, erwiderte er und es überraschte mich eigentlich nicht.

Die Autos fuhren sehr schnell und sie waren etwa hundert Meter hinter uns.

Erst jetzt wurde mir unsere kritische Situation bewusst: Wir hatten keine Waffen, keine Helme, ein Motorrad, dessen Bremse kaum funktionierte, und einen streikenden Zeitsprung.

Ich glaubte noch an eine Rettung, bis ich bei der nächsten Kurve mehrere Meter vor mir eine Hauptstraße mit Dutzenden Autos und Lkws erkannte.

Ein Unfall war unvermeidbar.

Es gab keine Nebenstraßen, hinter uns Autos und Motorräder, neben uns hohe Büsche mit Vorgärten und Häusern.

Ich war die letzte Hoffnung.

Ich presste meine Augen zusammen und schaltete alles um mich herum aus.

Rette uns, rette die Welt.

Als ich meine Augen öffnete, fühlte ich mich in der dunklen Nacht des Zeitsprungs sicher.

Erleichtert lächelte ich und Shane fing sogar an zu lachen, als ich bemerkte, dass ich immer noch an ihm festgeklammert auf dem Motorrad saß. Sein Lachen schien den Zeitsprung zu erhellen und für einen Augenblick vergaßen wir alles Schlechte, was je zwischen uns vorgefallen war. Ich fühlte mich mit ihm verbunden, ihm hingegeben, so wie er mir.

Plötzlich verschwand dieser Moment, als ob die Flamme einer Kerze erloschen wäre.

»Du kannst mich loslassen, wenn du möchtest«, hörte ich Shanes bedrückte Stimme im Tunnel der Zeit.

»Nein«, schoss es aus mir heraus. »Du musst immer mit mir in Berührung bleiben, sonst verliere ich dich.« Warum sprach ich bloß so doppeldeutig?

»Woher weißt du das?«, bohrte er weiter und ich atmete erleichtert auf, weil er wohl nicht den anderen Sinn meiner Worte verstanden hatte.

Ich entschied mich, ihm das Gespräch zwischen Tommy und Diablyo anzuvertrauen. Schließlich betrifft es jeden Mondmenschen, dessen Gabe droht, blockiert zu werden. Die hohe Spannung zwischen uns blieb erhalten. Shane fing an sich zu räuspern.

»Ich ... wir ... du ... äh ...«, stotterte er. »Wir müssen reden.«

»Ich weiß«, erwiderte ich murmelnd.

Aber worüber? Wie könnte ich ihm meinen Schmerz und Kummer anvertrauen, wenn ich sein Fehler war?

Wie könnten wir jemals wieder überhaupt miteinander reden?

»Aufpassen!«, schrie Shane auf einmal und ließ das Motorrad los, während wir in weißes Licht tauchten und hart auf unserer rechten Seite landeten.

Aber da floss schon Shanes Heilkraft durch meinen Körper und ich richtete mich auf.

Vor mir erstreckten sich mehrere Reihen von Menschen, die vor verschiedenen Schaltern in der Schlange standen. Dahinter befanden sich in hellblau gekleidete Männer und Frauen, die Wasserflaschen verteilten.

Nun standen sie alle versteinert da: Jedes Augenpaar war auf uns gerichtet.

»Entschuldigung«, stammelte ich verlegen und Shanes Körper verdeckte meine Sicht.

Er sagte etwas auf Terryanisch, konnte seinen Satz aber nicht zu Ende sprechen, denn alles brach in Chaos aus.

Menschen rannten auf uns zu, bettelten und weinten, sprachen schnell und unverständlich auf uns ein.

Hinter ihnen bildeten sich Gruppen, die sehr aufgeregt und wütend wirkten. Sie zeigten auf uns, schrien laut und schienen verärgert, dass wir da waren.

Ich war hilf- und sprachlos, während Shane nur hier und dort Worte in das ganze Stimmen-Wirrwarr fallen ließ.

»*Rigo*!«, schrie auf einmal eine imposante, voluminöse Stimme, die mich zum Frösteln brachte.

Alle, die sich neben uns auf den Boden gekniet hatten, schossen hoch, sodass Shane und ich nichts mehr sehen konnten. Es ertönten weitere fremde Worte, während wir aufstanden.

Zu unserer Rechten stand ein Mann auf einem Tisch und sprach zum Volk.

»*Hojono*!«, rief ich erleichtert. Als er mich sah, lächelte er und ich erwiderte es. Dann sprach er weiter auf Terryanisch.

»Er erklärt den Überlebenden hier, dass wir ihnen helfen, sie aber geduldig sein müssen. Sie sollen sich aufstellen wie zuvor. Er wird die Leute in einer später stattfindenden Versammlung aufklären«, übersetzte Shane, ohne dass ich ihn darum gebeten hatte.

Ich wagte es, ihn von der Seite zu betrachten.

Vielleicht bedeutete ich ihm doch noch etwas ...

»Was für ein Chaos!«, seufzte Hojono erschöpft. Er hatte sich durch die Menge gekämpft und aus der Nähe wirkte er nicht mehr so stark und herrisch wie zuvor. Seine Augenringe traten stark hervor und er war ziemlich blass. Wenn ich mich nicht irrte, trug er sogar dieselben Klamotten wie gestern, was für ihn eine Qual sein musste.

»Es ist wirklich anstrengend, in solchen Notsituationen den Menschen bewusst zu machen, dass man ihnen helfen möchte. Sie haben alle Angst, nur wenige trauen sich, den unterirdischen Komplex zu verlassen, um vorübergehend im Refugium zu leben«, erklärte Hojono, während nach und nach die Leute wieder Reihen bildeten. Langsam erkannte ich wieder Lücken in der Menschenmenge, durch die wir zum nächstliegenden Ausgang gelangen konnten.

»Welches Refugium?«, fragte ich neugierig.

»Außerhalb von Minasso gibt es einen Evakuationsort. Dort können theoretisch alle Bewohner aus Minasso leben. Es ist größer und sicherer, aber der Weg zu diesem Refugium geht über die Erde. Viele haben Angst, noch einmal angegriffen zu werden«, antwortete Hojono.

Wir bewegten uns zwischen den Körpern und ich spürte zahlreiche Blicke, die sich auf mich hefteten.

Shane schaute ebenfalls etwas eingeschüchtert und unbehaglich drein.

Endlich erreichten wir eine große abgerundete Tür. Hier führten zwei Menschenreihen einige Meter weiter nach vorne, wo ich schon Aufzüge erspähte.

Wir wechselten kein Wort. Irgendwie war die Situation merkwürdig. Wir schienen auf etwas zu warten und doch wussten wir nicht, wie wir darüber sprechen sollten. Einen Moment lang dachte ich daran, dass der Frieden einem Sarg glich, der in die Tiefen der Erde herabgelassen wurde.

Doch ich hatte das Buch, Yiero würde eine Fälschung bekommen und dann würden meine Mutter (und Richana) wieder frei sein.

Ohne dass ich es wirklich mitbekommen hatte, befanden wir uns plötzlich in einem kleinen Raum mit einem altmodischen, orangefarbenen Sofa und einem Couchtisch. Die Wände waren einmal weiß gestrichen worden, aber das war lange her: Sie schienen jetzt in Grautöne getaucht.

»Habt ihr das Buch gefunden?«, fragte Hojono, sobald sich die Tür hinter ihm geschlossen hatte.

Als Antwort nickte ich und zog es aus meinem Versteck hervor.

Hojono blieb der Atem weg, sobald er es in meinen Händen sah. Seine Lippen formten sich zu einem Lächeln.

Wärme und Sanftheit breiteten sich beim Anblick des Andenkens an Aprilya auf seinen Gesichtszügen aus.

»Es ist wundervoll«, hauchte er fasziniert und streckte seine Finger danach aus.

Auf einmal erstarrte alles in mir.

Nur für einen einzigen Augenblick, so kurz er auch war, durchfuhr ein roter Schein seinen hungrigen Blick. Wie eine bedrohliche Gefahr richteten sich seine Augen auf mich. Er durchdrang mich, konnte jedes Gefühl und jeden Gedanken lesen.

Sofort zog ich das Buch an mich und hielt es hinter meinen verschränkten Armen versteckt.

Hojono schreckte bei dieser Bewegung zurück und musterte mich verwirrt mit seinen Nussaugen.

Was hatte ich bloß gesehen? Warum war ich so panisch? Wie kam es, dass mein Herz schneller schlug, als ich in seine scheinbar unschuldigen Augen blickte?

»Ist alles in Ordnung?«, fragte Hojono voller Sorge. Ich zweifelte und eine bedrückende Stille umgab mich. Etwas in mir schrie danach, zu rennen und zu fliehen, das Buch zu vernichten und den Menschen zur Hilfe zu kommen, aber ich verstand es nicht.

Warum? Hojono war nicht mein Feind.

Ich atmete laut aus und bemerkte, dass ich die ganze Zeit die Luft angehalten hatte.

Um die störenden, absurden Gedanken loszuwerden, schüttelte ich den Kopf. Ich löste meinen Griff und offenbarte das Buch.

Meine Hände zitterten, meine Arme verkrampften sich, als ich Aprilyas Geheimnisse in Hojonos Richtung ausstreckte. Alles sträubte sich in mir und bevor ich meine Entscheidung rückgängig machen konnte, nahm Hojono den unmessbaren Schatz an sich.

Schwach fielen meine Arme zur Seite.

»Mir geht es gut«, redete ich mir selbst ein. »Ich weiß nicht, was in mich gefahren ist.«

»Wie geht es jetzt weiter?«, erkundigte sich Shane, der mich somit aus dem Abgrund misstrauischer Gedanken zog.

»Ich habe ein professionelles Team zusammengestellt. Sie brauchen etwa zwölf Stunden, um das Buch zu fälschen. Der Inhalt bleibt ihnen vorenthalten, das ist ja klar. Sie werden nur eine Seite benötigen, um Schrift und Papier nachzuahmen«, erzählte Hojono.

»Wie organisieren wir den Tausch?«, bohrte Shane weiter.

»Wir haben eine Nachricht erhalten. Yiero trifft morgen zur zwölften Stunde in Minasso ein. Seine Bedingungen sind, dass nur Rhapsody und du erscheinen könnt. Er hat den Waffenstillstand ausgesprochen und garantiert deshalb, dass er alleine kommen wird«, antwortete Hojono.

»Wir brauchen also nur zu warten«, warf ich meine Worte ins Gespräch.

»Mir scheint, als ob wir keine andere Wahl hätten«, seufzte Hojono.

Nachdem er sein Wunderarmband betätigte, erschien ein Tresen mit sechs vollen Glasflaschen im Raum. Dann verabschiedete er sich von uns und verließ das Zimmer.

Die Luft schien schwül zu sein. Es gab ja auch keine Fenster in einem unterirdischen Komplex.

Shane und ich schwiegen und unsere Blicke begegneten sich nicht.

Plötzlich bemerkte ich, wie hungrig und durstig ich war. Automatisch trieben mich meine Füße zum Tresen, wo Shane bereits stand, und ich schnappte mir eine Flasche. Erschrocken und überrascht stellte ich fest, dass es sich gar nicht um Wasser handelte. Es war dickflüssig und etwas süßlich, fruchtig, schien sich aber wie Wasser im Glas hin und her zu bewegen.

Fasziniert musterte ich die Flüssigkeit und trank die Flasche leer. Auf jeden Fall waren nun meine Bedürfnisse gestillt.

Shane lehnte gegen die Wand rechts neben dem Tresen.

Mir blieb keine andere Wahl, als ihn anzusehen.

»Glaubst du, er wird morgen erscheinen?«, durchbrach Shane die angespannte Stille zwischen uns.

»Ich glaube schon. Die Frage ist, wenn er allein kommt, wo ist dann Richana?«

»Vielleicht meinte er ja nur ohne Soldaten«, erwiderte Shane.

»Und wenn nicht? Wenn er uns mit einem neuen Angriff droht? Wir können uns nicht wehren, zumindest kann ich das nicht«, gestand ich mir selbst ein. Was sollten wir dagegen unternehmen?

Ich wollte in die Zukunft sehen, aber ich war müde, erschöpft und mir grauste es, morgen Yiero zu begegnen.

Meinem Vater.

Auf einmal fühlte ich mich einsam. Ich könnte niemals irgendjemandem erzählen, dass Yiero mein Vater war. Ich wollte Shane vertrauen, aber er mir sicher nicht mehr. Meine Mutter war spurlos verschwunden. Tommy befand sich auf der Seite unserer Feinde und sogar meine Gabe ließ mich jetzt immer öfter im Stich. Ich unterdrückte meine Verzweiflung und schaute in die Leere, an Shane vorbei.

Dieser drückte seine Hand auf einen Imaga, der neben mir an der Wand hing. Hinter der Tür offenbarte sich ein winziges Zimmer mit zwei Einzelbetten auf jeder Seite. Es war so eng, dass man kaum zwischen den beiden Betten stehen konnte.

Ich folgte ihm und setzte mich schweigsam auf mein Bett. Mein Blick wanderte zu meinen Füßen und ich hörte, wie sich Shane wahrhaftig auf sein Bett warf.

Ich wollte reden, endlich wieder *richtig* atmen können, sonst würde ich Shanes Anwesenheit nicht ohne Tränen überleben, aber ich wagte es nicht. Wenn man zu emotional ist, riskiert man, zu viel zu verraten.

»Ich weiß, dass ich dich verletzt habe. Es tut mir unglaublich leid, aber das wird dir wohl nicht reichen«, erklang Shanes dunkle, tiefe Stimme im grell erleuchteten Raum.

Ich hob etwas meinen Blick und sah Shane, der aufgerichtet auf seinem Bett saß.

Jetzt oder nie. Wir mussten reden.

»Ich verstehe es einfach nicht«, murmelte ich. »Ich wollte doch nur, dass meine Mutter zurückkehrt und Frieden herrscht, so lächerlich das auch klingen mag.« Meine Stimme zitterte und Tränen stiegen in mir hoch.

»Es ist nicht lächerlich«, meinte er. »Du hast recht. Aber glaubst du, sie würde es wollen, dass du über deine Kräfte hinaus kämpfst? Das ist nicht effektiv.«

Eine Träne kullerte und ich wischte sie schnell weg. Wie schwach ich nur war und immer weinte …

»Ich habe auch Fehler gemacht«, erklang seine Stimme und nun strömte alles heraus und meine Hände konnten wischen und waschen, was sie wollten, gar nichts half.

»Du musst mir nicht noch einmal sagen, dass ich dein größter Fehler war!«, zischte ich und verbarg mein Gesicht hinter meinen Händen.

»Was?«, erwiderte er überrascht und seine Stimme bebte, sodass ich kurz erstarrte. »Wie kannst du bloß so etwas denken? Du bist das Beste, was mir je passiert ist.«

Ich ließ die Worte in mir herabsinken, wie einen Anker, der auf dem Meeresboden landete und niemals wieder heraufgezogen werden sollte.

»Wirklich?«, hauchte ich und begegnete seinem Blick. Gut, dass ich keine Schminke trug, sonst wäre wohl mein Gesicht ein wahrer Albtraum.

»Natürlich!«, sprach er langsam und deutlich, als ob es offensichtlich wäre. »Dachtest du etwa, ich meinte, du wärst einer meiner Fehler gewesen? Niemals! Es ging um meine Schuldgefühle und dass ich meine Fehler nicht ändern kann: Ich muss sie akzeptieren, ich kann nicht in Schuld versinken.«

Ich hatte »Fehler« im Allgemeinen auf mich allein bezogen. Ich hatte alles falsch verstanden.

»Rhapsody?«, sagte er. Ich hob meinen Blick. Er lächelte leicht, seine Augen glitzerten und erschienen mir wie das Universum. Ich hielt seinem Blick stand.

»Ich könnte niemals ohne dich leben.«

Stille und Atem, Licht und Ruhe umgaben uns.

Aber ich hielt es nicht mehr aus.

Plötzlich warf ich mich auf ihn und sein Kopf stieß gegen die Wand.

Sofort schreckte ich zurück und wollte mich entschuldigen. Stattdessen lächelte er so schön wie noch nie, beugte sich vor und küsste mich.

Es war wie der erste warme Tag nach einem dunklen, finsteren Winter.

Alles um mich herum schien seine Bedeutung zu verlieren, es gab nur noch Shane und mich, seine Lippen, seine Finger, sein Körper gegen meinen gepresst. Seine Wärme, die ich so sehr vermisst hatte, breitete sich überall in mir aus, ließ mich aber keineswegs von ihm weichen. Nein, ich wollte sogar noch näher, noch inniger mit ihm vereint sein.

Eine Hand lag auf meinem Nacken und drückte meinen Kopf an seinen. Die andere wanderte über meinen ganzen Rücken und zeichnete tausende, verschiedene Formen.

Vor lauter Glück und Erleichterung konnte ich es einfach nicht vermeiden zu lächeln. Shane spürte das natürlich, rückte nur einige Millimeter zurück und blickte so tief in mich hinein, dass ich mich gleichzeitig verloren und sicher fühlte.

»Was ist los?«, hauchte Shane und sein heißer Atem streifte meine Wangen.

»Ich glaube, ich habe mich in dich verliebt«, vertraute ich ihm mein Geheimnis an.

»Ach, wirklich? Das kommt aber plötzlich«, meinte er und lachte. »Gut, dass ich dasselbe für dich empfinde.«

Dann spürte ich nur noch Lippen, Liebe und Leidenschaft.

Kapitel 11

»Guten Morgen«, flüsterte eine dunkle, verführerische Stimme. Meine Augenlider schlugen auf. Ich blickte in Shanes glitzernde Augen.

Er saß auf dem Bett und beugte sich zu mir herab, um mich zu küssen. Langsam kehrten meine Sinne, Gedanken und Gefühle aus der Traumwelt zurück und ich realisierte, was uns bevorstehen würde. Schnell fasste ich Shanes Schulter an, der überrascht zurückwich und mich ernsthaft musterte.

»Wie viel Uhr ist es? Ist Yiero schon gekommen?«, sprudelten die Fragen aus mir heraus, während sich alles in mir anspannte. Ich hoffte, dass nichts geschehen war. Shane schüttelte den Kopf und lächelte.

»Es ist alles in Ordnung. Ich komme dich wecken, damit wir uns langsam fertig machen können. Noch etwa eine Stunde, dann ist es so weit«, erklärte er mir. Er drehte sich um und begegnete wieder meinem Blick. »Auf dem gegenüberliegenden Bett liegen deine Klamotten. Ich warte vor der Tür.«

Ich fing an, mich etwas zu entspannen. Auf keinen Fall sollte er merken, dass mich etwas bedrückte oder belastete.

Ich schmunzelte und schloss meine Augen bis auf einen kleinen Spalt.

»Wartest du ... oder kommst du herein, wenn du denkst, ich bin bereit?« Shane hatte natürlich meine Gedanken durchschaut, beugte sich ein weiteres Mal hinab und verführte mich fast dazu, ihn wieder ins Bett zu ziehen.

Stattdessen brach er lachend den Kuss ab, stand lässig auf und verließ den kleinen Raum.

Meine Mundwinkel fielen herab, meine ganzen Glückshormone sanken tief in mich hinein.

Yiero war mein Vater. Shane wusste es nicht und er würde mich zum Treffen begleiten, wo eventuell die ganze Wahrheit herauskommen könnte.

Wie konnte ich Yiero stoppen? Was würde Shane wohl denken?

Niemals wieder würde er mich berühren oder ansehen wollen, *mich*, die Tochter eines Teufels.

Ich richtete mich auf und erblickte die dunkle Kleidung, die vor mir lag. Auf einmal konnte ich sie gut mit meiner Zukunft vergleichen: Mich würde etwas Dunkles, Schwarzes und Böses erwarten.

Mein Instinkt bestätigte mir diese Gedanken.

Doch es würde mir nicht weiterhelfen, hier sitzen zu bleiben und nichts zu unternehmen. Deswegen griff ich zu den Klamotten, die irgendwie anders schienen: ein Rollkragenpulli und eine Jeans.

Am Hosenbund und am rechten Ärmel bemerkte ich jeweils ein schwarzes Kästchen mit einem Knopf darauf. So neugierig, wie ich war, drückte ich auf einen.

Daraufhin umhüllte eine durchsichtige Schicht, wie Schleim, meinen Oberkörper und schnürte mich noch enger ein. Das Gleiche passierte, als ich den Knopf an meinem Hosenbund betätigte.

Vermutlich handelte es sich um einen Feuer-, Kugel-, Messer- und sonstigen Anti-Verletzungspanzer.

Ich sah einen kleinen Spiegel, der unter den Kleidern lag. Verschlafen war ich überhaupt nicht, ganz im Gegenteil.

Doch ich erschrak, als ich das Gelb meiner Augen sah. Es leuchtete, aber es schien verkrampft, als ob es jeden Augenblick erlöschen könnte.

Ich konnte mein Glück mit Shane nicht fassen. Würde ich die Gelegenheit dazu überhaupt jemals bekommen?

Ich schluckte den Kloß im Hals herunter, atmete ein weiteres Mal tief ein und aus und verließ ein Zimmer erfüllt von Geborgenheit, Liebe und Glück.

Hojono und Shane standen sich gegenüber und verstummten, als ich eintrat.

Shanes Kiefer war angespannt. Seine Hände waren zu Fäusten geballt und Hojono schien ebenso wütend zu sein.

Was war geschehen?

Da warf mir Hojono ein fast *zu* fröhliches Lächeln zu.

Shane beobachtete jede von Hojonos Zuckungen.

»Rhapsody, du siehst wirklich hervorragend aus! Schwarz steht dir toll«, kommentierte er. »Kehren wir zu den ernsten Angelegenheiten des Lebens zurück.«

Gestern war mir schon Hojonos Benehmen zweifelhaft erschienen, aber diesmal schien es einen Tick zu viel zu sein. Als ob er uns etwas vorheucheln würde.

Verbarg er etwas vor uns? Kannte er den Inhalt des Buches? Wusste er, dass Yiero mein Vater war und ich es Shane noch nicht anvertraut hatte?

Ich atmete aus. Nein, das war absurd.

Hojono war wahrscheinlich einfach noch nicht so weit, seine aufgesetzte Persönlichkeit nach all den Jahren loszulassen.

»Ich sehe, du hast dich mit deiner Panzerhülle vertraut gemacht. Sie schützt dich vor jeglichen Verletzungen, aber sei immer auf der Hut. Yiero ist uns oft einen Schritt voraus«, sprach Hojono. »Shane, bitte zieh dich um, damit wir das Buch abholen können. Ich kehre in fünf Minuten zurück.«

Im nächsten Moment waren nur noch Shane und ich im Zimmer.

Er schien auch Misstrauen gegenüber Hojono zu hegen.

Ich erwartete, dass Shane mir erzählte, was zwischen ihnen vorgefallen war, doch er wandte sich von mir ab und drehte sich zu seinem Stapel Klamotten auf dem Sofa.

So wunderbar es auch war, ihm beim Umziehen zuzuschauen … ich musste ihn dabei stören.

»Shane, was ist vorhin passiert?«, fragte ich.

»Nichts Besonderes«, erwiderte er.

»Ihr habt euch wie zwei Stiere angesehen. Ich merke ja auch, dass sich Hojono komisch verhält, aber es hilft mir nichts, wenn du mir etwas ver...«, sagte ich.

»Er wollte, dass ich hierbleibe, während du mit Yiero redest«, unterbrach er mich. »Eigentlich wollte er, dass ich überhaupt gar keinen Kontakt mehr zu dir habe.«

Ich erstarrte.

Warum würde Hojono so etwas wollen? Das ergab keinen Sinn. Was war mit ihm geschehen? Hatte Shane ihn provoziert?

Was, wenn Shane über Yiero Bescheid wusste und er das nur sagte, weil er mich eigentlich nie wiedersehen wollte?

»Warum?«, hauchte ich.

»Ich weiß es nicht«, antwortete er, während er sich zu mir drehte und mir tief in die Augen sah. Ich wusste, dass er nicht log. Ich entspannte mich ein wenig. »Aber ich werde dich niemals allein in die Nähe dieses kranken Tyrannen lassen. Natürlich kannst du dich verteidigen, doch eins könnte ich mir dann nie verzeihen: Dich im Stich gelassen zu haben.«

Ich schluckte und seine dunklen Augen schienen Raum und Zeit einzunehmen. Alles wurde schwarz um mich, ich tauchte in seine Welt, in sein Universum, in seine Seele.

Ich nickte. Mit schnellem Herzschlag näherte ich mich ihm und küsste ihn. Sobald ich von ihm wich, hörte ich, wie sich eine Tür öffnete.

»Beeilt euch. Die Zeit vergeht schnell.«

Nach ein paar Minuten Herumirren durch Flure, Räume und Aufzüge kamen wir in einem Labor an.

Drei lange, weiße Tresen reichten von der rechten Wand bis zur Mitte des Raums. Viele Bildschirme und eingebaute Maschinen, die mich an Mikroskope und Destillationsgeräte erinnerten, füllten die Tische. Hier und dort hingen Imagas, die mit Chemikalien gefüllte Schränke öffneten.

Sechs Menschen liefen kreuz und quer herum. Manche befüllten Reagenzgläser, andere tippten schnell auf Bildschirmen herum. Sie trugen alle dasselbe: weiße Hosen und hellblaue Pullis mit Richanas Symbol darauf.

Hojono sagte etwas auf Terryanisch und nur drei schauten auf und unterbrachen ihre Arbeit, um ihm zuzuhören.

Ein junger Mann, der vielleicht nur ein paar Jahre älter war als ich, nickte und seine platinblonden, zu Berge stehenden Haare wippten dabei. Dann verließ er den Raum auf der anderen Seite.

»Sie haben die Fälschung erstellt. Kiko bringt sie uns«, übersetzte Hojono. Einige Sekunden später tauchte Kiko wieder auf, mit einem Koffer, der eher für eine Schreibmaschine, als für ein kleines Taschenbuch gedacht war.

Als er ihn öffnete, offenbarte er Aprilyas Buch, beziehungsweise die Fälschung.

Fasziniert sah ich es an. Es hatte genau dasselbe Deckblatt, mit denselben abgenutzten, verwelkten Seiten. Ich lächelte, denn damit würden wir Yiero wirklich austricksen. Bevor ich es weiter betrachten konnte, hob es Hojono mit Handschuhen heraus.

Wahrscheinlich machte er Kiko und seinem Team ein Kompliment, denn ein riesiges Grinsen breitete sich über Kikos Gesicht aus. Ich bemerkte dunkle Schatten unter seinen Augen. Viel Schlaf hatte er die letzten Tage sicher nicht bekommen.

»Wie sagt man Danke auf Terryanisch?«, fragte ich Shane.

»*Tankino*«, antwortete er und ich wiederholte es an Kiko gewandt. Nun glitzerten auch seine Augen.

»Ich schlage vor, wir machen uns auf den Weg. Ihr tragt die üblichen Waffen an euch, aber ihr werdet sowieso permanent überwacht. Sobald Yiero euch auch nur einen Schritt zu nahekommt, tauchen sofort sämtliche Truppen auf. Ich kann nicht mit euch nach draußen gehen. Yiero hat ganz deutlich betont, wen er beim Treffen dabeihaben wollte.« Hojono warf Shane einen warnenden Blick zu.

Im nächsten Moment wirbelte er herum und wollte das Labor verlassen, bis mir eine wichtige Frage in den Kopf schoss.

»Wo ist das Original?« Meine Stimme bebte und ich hatte das lauter und angespannter als gemeint ausgesprochen.

»In Sicherheit«, erwiderte Hojono, ohne sich ein weiteres Mal umzudrehen.

Wir folgten ihm schweigsam. Mein Herz schlug mit jedem Schritt ein wenig schneller. Nervosität und Angst krallten sich an mir fest und zwangen mich, weiterzugehen, obwohl ich zurückweichen wollte.

Aber es sollte kein Zurück geben. Nur ich kannte Yieros Schwäche und wusste, wie ich sie ausnutzen könnte. Nur so würden Aprilya und Richana zurückkehren. Hoffnung durchströmte meinen Körper. Ich achtete nicht darauf, wo wir hingingen, denn ich fixierte mein Ziel. Im nächsten Augenblick öffneten sich die Aufzugtüren.

Helles Sonnenlicht blendete meine Sicht. Der Himmel schien klar und schön wie noch nie. Es passte nicht zu dem, was uns bevorstand, aber es ermutigte mich, herauszutreten. Eine Hand ergriff meine und ich zuckte zusammen.

»Viel Glück«, hauchte Hojono und drückte fest meine Hand.

Ich musterte die nussbraunen Augen des Freundes, den meine Mutter schon so wertgeschätzt hatte. Ich lächelte. Ich würde ihn wiedersehen.

Dann gab er mir das Buch und verschwand mit dem Aufzug unter der Erde.

Shane stand neben mir und legte seine Hand in meine. Er war mir so nah und alles krampfte sich innerlich in mir zusammen, zu wissen, was er nicht wusste.

»Geht es dir gut?«, fragte er und ich nickte, seinem Blick ausweichend. Stattdessen sah ich mich um.

Vor mir erstreckte sich bis zum Horizont hellbraune Erde. Nur ein silbernes Plateau störte die Landschaft. Es war das Böse, was mir bevorstand, aber danach würde alles wieder friedlich erblühen.

Das Plateau war mindestens zehn Meter in die Höhe gebaut worden. Es hatte die Form eines Vulkans und auf dem Krater würden Shane und ich Yiero gegenübertreten.

Schnell brachten wir die hundert Meter zum Plateau hinter uns, stiegen die silbernen Treppen hoch und machten uns bereit. Die Sonne stand fast über uns. Noch einige Minuten und die zwölfte Stunde des Tages würde beginnen.

Der Anfang vom Ende.

Mein Atem ging regelmäßig. Brennende Flammen des Grolls und kühles Eis der Selbstbeherrschung trieben mich an.

Ein Schatten.

Jemand schritt die Treppen auf der anderen Seite hoch.

Es war so weit. Ich würde Yiero gegenüberstehen. Ich würde meine Mutter wiedersehen. Wir würden dem Terror ein Ende bereiten.

Eine dunkle Gestalt wurde sichtbar. Zuerst der Kopf, dann der Oberkörper, die Beine und die Füße. Eine schwarze Silhouette stand uns nun auf dem Plateau des Schicksals gegenüber.

Alles erstarrte in mir, als ich das Gesicht erkannte.

Hojono.

Ich brachte keinen Ton heraus, denn nun ergab alles einen Sinn.

Hojonos Gesicht schimmerte blass im Sonnenlicht. Seine Augen waren weit aufgerissen, seine Lippen leicht blau gefärbt.

Wir starrten uns an, aber ich wusste, dass ich nicht dem Leben, sondern dem Tod gegenüberstand.

Seine Iris verlor mehr und mehr die nussbraune Farbe. Es kehrte helles Grün an ihre Stelle. Die Kanten wichen von seinem Kiefer, sein Gesicht wurde lang und schmal mit einer spitzen Nase und leicht gelockten, braunen Haaren, die einen Rahmen drum herum bildeten.

Seine ganze Gestalt wurde dünner, schwächer und sogar ein wenig kleiner.

Ein Flashback sauste durch meine Sinne.

»Amanus-Khainu«, hauchte ich.

Unter dieser Hülle verbarg sich derjenige, der meine Mutter belogen hatte und das Böse verkörperte.

Yiero.

Erst jetzt bemerkte ich, wie fest ich Shanes Hand drückte. Ich ließ sie los und sah Shane einen Moment lang an.

Schmerz zeichnete sich in seinem schwarzen Panzerblick. Ich sah ihn auf einmal in einem kurzen Flashback einige Köpfe kleiner als jetzt, wie er seine toten Eltern anstarrte.

Purer, blanker Schmerz brandmarkte ihn wie eine Verbrennung.

Ich folgte seinem Blick.

Von uns aus rechts gesehen, lag Hojonos toter Körper auf dem Plateau.

Ich starrte Hojonos weit aufgerissene Augen an. Dunkle Punkte waren auf seinem Nacken zu erkennen.

In diesem Moment wusste ich: Yiero hatte ihn mit seinen eigenen Händen umgebracht.

Shane näherte sich Hojono mit wackligen Beinen. Dann brach er zusammen, fasste Hojonos eisigen Arm und versteinerte Hand an und schüttelte trotzig seinen Kopf.

Eine tiefe Trauer erschütterte mich, aber ich verdrängte meine Tränen. Stattdessen tauchte etwas anderes auf.

Mein Blick wanderte zu Yiero.

»Es tut mir leid für euren Freund, ich habe ihn nicht aus Eifersucht oder Boshaftigkeit umgebracht«, sprach er mit der ruhigen Stimme, die meiner Mutter so gefallen hatte. »Er war nur ein Mittel zum Zweck. Ich habe über Minasso und die Herrscherin der Welt gesiegt, so beanspruche ich die Macht über dieses Territorium. Das Volk ist in Sicherheit. Wie du siehst, habe ich während eurer kleinen Recherche in der Vergangenheit viel organisieren können.«

Unmut brannte in mir. Meine Brust, meine Kehle, mein Mund füllten sich mit bitteren Worten.

»Du hast das Buch. Übergib mir Aprilya und auch Richana«, zischte ich, denn mehr brachte ich noch nicht heraus.

»So lautet nicht das Tauschgeschäft. Das Buch gegen Richana. Sie ist *noch* am Leben«, erwiderte Yiero.

»Und Aprilya?«

Ein Lächeln, das nur das Böse zeichnen konnte, erfüllte sein Gesicht.

»Finde es selbst heraus.«

Lebte sie? Gab es überhaupt eine Chance?

Ich bemerkte, wie Shane sich langsam aufrichtete. Seine Augen waren feucht und seine Wangen leicht gerötet. Hojono war ihm mehr ein Vater gewesen als mir. Noch dazu hatte er noch nie wirklich einen besessen.

Als ich wieder Yiero ansah, wanderten seine giftgrünen Augen von mir zu Shane und wieder zurück.

Dann wandte er sich Shanes Gestalt zu.

»Ich hatte dich gewarnt. Es wäre wirklich besser gewesen, wenn du Rhapsody nicht begleitet hättest«, ertönte diese tiefe, falsche Stimme.

Er traf Shane an seinem wunden Punkt. Ich hatte seine Worte nicht vergessen und Shane schien sein Versprechen wieder in den Sinn zu kommen.

Shane machte einen Schritt in meine Richtung, doch da erschien schon Yiero, der seinen eisernen Arm als Mauer vor ihm ausstreckte.

Alles war so still. Es glich einem Friedhof und ich schauerte bei diesem schockierenden Vergleich.

»Lass ihn gehen«, befahl ich Yiero, der seine ganze Aufmerksamkeit wieder auf mich lenkte. Seine Augen wurden zu Schlitzen und musterten mich.

Ich glich einem offenen Buch und er grinste höhnisch, als er sich wieder zu Shane drehte, seinen Arm senkte und zurückwich.

»Trotz seines Verrats scheinst du ihm wieder zu vertrauen, oder?«, begann er. Ich wusste, was er vorhatte, aber ich konnte ihn nicht aufhalten. Die Angst ließ mich zittern, schwach und verletzlich dastehen. »Oder verheimlichst du ihm noch eine Kleinigkeit? Hat die Neugierde dich nicht ergriffen wie die Katze sein Opfer, die Maus? Konntest du der Verführung, endlich die Wahrheit über deine Mutter zu erfahren, indem du ihre größten Geheimnisse liest, wirklich widerstehen?«

Ich wusste, dass er mich in die Enge treiben würde. Welche Wahl hatte ich? Mehr und mehr zerfiel in mir alles zu winzigen Scherben, die niemals wieder zusammengefegt werden könnten.

Shane bewegte sich nicht. Yieros Arm war zwar verschwunden, doch etwas stand immer noch zwischen uns. Er sah mich an. Keine Wärme, keine Geborgenheit, nur Kälte und Verachtung.

»Ich werde es dir leicht machen, Rhapsody«, verkündete Yiero und drehte sich zu Shane. Meine Welt erschien mir gerade wie eine Glaskugel zu sein, die qualvoll und plötzlich zerbrach. »Rhapsody ist meine Tochter. Die Liebe zwischen ihrer Mutter, Aprilya, und mir gab uns dieses wundervolle Geschenk.

Seit 17 Jahren suche ich sie vergeblich und nun taucht sie wie eine Seerose auf einem unendlich großen Teich auf. Sie wusste es, hat es dir jedoch verheimlicht. Vertrauen kann man auch vortäuschen, mein lieber Kamerad.«

Shane erstarrte. Erst Hojono, dann ich. Es war zu viel.

»Es tut mir so leid …«, stotterte ich, während Tränen über meine Wangen flossen.

»Nein!«, schrie Shane und unterbrach mich. »Es tut dir nicht leid. Du wolltest mir nicht vertrauen, weil ich ein Verräter bin! Dieser Tyrann, dein liebster Vater, den du wohl beschützen wolltest, hat mich dazu gezwungen, alles über dich preiszugeben.« Seine Stimme bebte. Jedes Wort war einer Kugel gleich und keine Kleidung konnte mich vor diesen Wunden schützen.

Ich sank zu Boden. Ich widerte mich selbst an. Ich sah nichts, hörte nur seine Worte, wie ein Echo, das niemals enden wollte.

»Hör auf …«, murmelte ich.

»Ich habe mich geschämt, ich habe dich tausende Male um Verzeihung gebeten. Und so dankst du es mir? Indem du mir misstraust und es sogar deinem Vater überlässt, mir die Wahrheit zu sagen?«, sagte er und schrie dann wieder. »Hast du etwa Angst, dass ich es dem Nächstbesten weitererzähle? Natürlich, so bin ich ja, geboren zum Verrat! Weißt du was, am besten ich erzähle deinem Vater gleich *alles* über uns. *Deinem Vater.*« Er spuckte die Worte wie Gift aus seinem Mund.

»Bitte, Shane ...«, flüsterte ich.

»Nein, es gibt kein Erbarmen. Ich bin wohl wieder in die Falle getappt. Hojono liegt tot auf dem Boden und du fragst nach deiner Mutter, die seit 17 Jahren verschwunden ist. Wenn sie wirklich noch leben würde, dann hätte man sie schon längst gefunden. Aber nein, Vergangenheit und Zukunft sind dir wichtiger als die Gegenwart. Du ähnelst deinem Vater mehr als du denkst: Menschenleben bedeuten dir nichts, außer sie sind dir von Nutzen.«

Jegliche Kraft wich aus meinen Gliedern.

Ich *konnte* einfach nicht mehr. Die Situation war unabänderlich. Shane hatte alle Kugeln seiner Wut abgefeuert.

»Das reicht jetzt«, zischte Yiero. »Siehst du nicht wie sie leidet? Erspare es ihr doch und töte sie.«

Ich hörte, wie Schritte sich mir näherten. Jemand kam hinter mich, griff mich unter meinen Armen und zog mich hoch.

»Steh auf. Hör auf, so schwach zu sein. Wenn du erst einmal bei mir bist, bringe ich dir bei, wie du in so einer Welt überlebst«, sprach Yiero und er war mir zu nah, zu durchdringend.

Noch bevor ich irgendeinen anderen Gedanken formulieren konnte, erweckte das Wort *schwach* den lang gezähmten Groll in mir.

»Warum?«, schrie ich ihm ins Gesicht und er schien für einmal überrascht zu sein. »Warum tust du mir das an? Wer hier am meisten Schwäche in sich trägt, bist du, Yiero. Zuerst die Menschen, dann meine Mutter, nun Hojono und Shane. Wer kommt als Nächstes dran, damit du *mich* am Ende besitzt? Du hättest mich schon längst haben können, aber du erwartest, dass ich deine Vaterliebe erwidere. Welcher Vater würde jeden töten, um seine Tochter dazu zu zwingen, in seine Arme zu rennen? Da hast du falsch gedacht. Wer sein Kind wirklich liebt, lässt ihm die Freiheit, über sein eigenes Leben zu entscheiden.« Ich atmete einige Augenblicke, Tränen liefen über meine glühenden Wangen. »Und was würdest du danach mit mir anfangen wollen? Du besitzt mich, gegen meinen Willen, und dann? Sag es mir.« Ich wartete und Yiero war starr. Vielleicht wurde ihm bewusst, dass er völlig besessen und verzweifelt in dieses Verlangen nach der Erwiderung seiner Gefühle geraten war. Er war ein armer, schwacher Mann, eine Tatsache, die er mit Horror und Terror verbarg. »SAG ES MIR!«, schrie ich nun mit dem letzten Tropfen Kraft, den ich hatte.

Ich wich, soweit es ging, zurück, während wieder meine Tränen flossen. Ich ignorierte Shane, denn sein

Anblick würde mich nur ein weiteres Mal zu Staub zerfallen lassen.

In der Ferne sah ich zwei schwarze Punkte, die immer größer wurden, bis ich sie als schwebende Autos identifizieren konnte.

Die Scheiben waren verdunkelt worden und als eine sich öffnete, wurde ein Körper, der an ein Seil gebunden war, heruntergeworfen. Als die Frauengestalt auf dem Plateauboden vor Yieros Füßen lag, löste sich das Seil und band sich um Yieros Taille.

Sein Blick schaute in die weite Leere. Er war verloren, aber plötzlich sah er mir wieder in die Augen.

»Ich kann es dir nicht sagen, Rhapsody. Wenn die Zeit gekommen ist, werden wir uns wiedersehen.«

Als ich ausatmete, war weit und breit keine Spur mehr von ihm zu sehen.

Kapitel 12

»Er hat noch das Buch!«, rief Shane mir zu, während er zu Richana rannte.

Ich fixierte den Horizont. Yiero war längst verschwunden, aber ich konnte überall hin. Die Frage lautete nur, ob ich das wollte.

Im Moment wusste ich nicht, was ich wollte.

Ich bereute es nicht, seine Schwäche ausgenutzt zu haben, aber ich fühlte mich nicht besser. Ich hatte niemanden gerächt. Rache war sowieso keine Lösung. Da wäre ich nicht besser als er.

Eigentlich war Yiero ein verletzter, erniedrigter Mensch und in seiner Gabe hatte er das gefunden, was ihn dies vergessen ließ.

Ob ich in diesem Fall so anders war, konnte und wollte ich nicht wissen.

»Verdammt!«, fluchte Shane. Er zog mich aus meinen Gedanken und ich sah auf Richana herab.

Ihre Hände und Füße waren mit Eisenketten zusammengebunden worden. Sie lag auf der Seite und ihre unzähligen, langen Haare verdeckten ihr Gesicht. Ausnahmsweise trug sie eine Hose und kein Negligé; es handelte sich um ein hellblaues Ensemble.

Während Shane vergeblich versuchte, sie aus den Ketten zu befreien, prüfte ich ihren Puls. Sie lebte, war jedoch bewusstlos. Getrocknetes Blut klebte unter ihrer Nase und entlang eines Kratzers auf ihrer Wange. Sonst schien sie keine weiteren Verletzungen zu haben.

»Hol doch Hilfe!«, zischte Shane.

»An deiner Stelle hätte ich jetzt eher Angst vor mir, als mir irgendwelche Befehle zu erteilen«, sagte ich ruhig und ohne Scham. Ich war Yieros Tochter und nachdem, was Shane mir angetan hatte, verdiente er es, wie Dreck behandelt zu werden. »Nimm deine verräterischen, ekligen Finger von ihr und wage es auch ja nicht, mich anzufassen.«

Shanes schwarze Augen verwandelten sich in Marmor, unzerbrechlich und kalt.

Aber ich kannte auch Shanes Schwächen. Ich wusste, dass er dahinter nur seinen Schock und seine Angst verbarg.

Ich würde es ihm diesmal nicht so leicht machen.

Zwei Mal hatte ich den Fehler begangen und ihm verziehen, doch jetzt war damit Schluss.

Ich konzentrierte mich auf den Zeitsprung.

Hilf mir und führe mich zu einem Ort, an dem ich Richana helfen kann.

Mein Ein und Alles tauchte vor meinen Augen auf und sog Richana und mich hinein.

198

Als ich ein letztes Mal zurückblickte, sah ich Shane nur noch als eine fade Erinnerung.

*

Die Bilder flogen an mir vorbei, aber ich schaute sie nicht an. Ich war zu wütend und musste mich erst einmal beruhigen.

Während ich Richanas Hände umklammerte, lenkte ich meine ganze Aufmerksamkeit auf eine sanfte Landung. Erleichtert atmete ich auf, als wir ohne irgendeinen Aufprall heil an unserem Ziel ankamen. Erst nach einigen Sekunden bemerkte ich, dass Richana auf einem Tisch lag und ich neben ihr auf einer Bank kniete.

Ich begegnete misstrauischen und verärgerten Blicken. Leider konnte ich nicht wirklich einen Menschen von einem anderen unterscheiden, denn sie trugen alle dieselbe Kleidung wie Richana.

Waren das ihre Soldaten?

Es gab jedoch einen Unterschied. Auf der Ebene ihres Herzens gab es bei Richana fünf wellenförmige Striche. Bei allen anderen erkannte ich immer nur maximal drei.

Bis ich aus der Menge herausstechend einen großen Mann mit vier Wellenstrichen erkannte. Der musste das Kommando haben.

»Hey! Sie! Helfen Sie mir bitte!«, rief ich. Ich hatte das Gefühl, ich musste mich an ihn wenden.

Doch bevor er Zeit hatte zu antworten, trat ein etwas dünnerer Mann vor ihn.

»Moment mal. Wer bist du? Wie können wir sicher sein, dass das hier keine Falle ist?«, knurrte er. Er runzelte voller Zweifel seine Stirn.

Ich schaute in die Menge, um nach Unterstützung zu suchen, aber keiner gab mir diese Ehre.

Warum trauten sie mir nicht?

Gab es eine Chance, dass sie von Yiero und mir gehört hatten?

Wie lange war Yiero schon Hojono gewesen?

Wahrscheinlich hatte er kurz nach unserem Aufbruch in die Vergangenheit Hojono umgebracht.

»Mein Name ist Rhapsody, ich bin die Herrscherin der Zeit und das ist Richana, die Herrscherin der Welt. *Eure* Herrscherin«, sprach ich ungeduldig und meine Person verteidigend, »Zumindest, solange sie noch lebt.«

Manche wechselten Blicke, andere schauten bewusst trotzig auf mich hinab.

Ich stand auf und sah mich um.

»Mir ist klar, dass es schwer ist, Mondmenschen heute noch zu vertrauen. Ich weiß, dass einer unter uns der Welt viel Schmerz und Leid zufügt, aber das heißt nicht, dass jeder Mondmensch so ist. Es geht hier auch gar nicht um mich, sondern um Richana! Ich schaffe das nicht allein. Ihr könnt mir vertrauen, wenn ich euch um Hilfe bitte«, sagte ich und für einige Momente breitete sich Stille aus. »Also, wer hilft mir?«

Keiner antwortete oder reagierte. Sie starrten mich befremdet an und ich sah die größten Zweifel und Ängste ihre Gedanken streifend.

»Ich helfe dir«, verkündete plötzlich eine Frau. Sie trat aus der Menge heraus, in den leeren Kreis, der sich um den Tisch und mich gebildet hatte.

Sie war sehr jung. Ihr Gesicht war kantig und ihre Augen strahlten Selbstsicherheit aus. Ihr Blick war voller Mut und Wille. Da erklang ein weiteres »Ich«.

Es folgten noch ein paar und die Leere um mich herum füllte sich. Der Mann, den ich vorhin zu mir gerufen hatte, machte sich einen Weg zu mir frei. Wir nickten und er drehte sich zu Richana. Dann zog er sein Messer heraus, das ich mittlerweile komplett vergessen hatte, denn ich hatte schließlich auch eins. Seine Version war etwas anders, denn sobald er das Metall ihrer Fesseln mit der Klinge berührte, blitzte ein grelles, blaues Licht auf.

Das Metall wurde wahrscheinlich ein wenig erhitzt, sodass man es leicht durchschneiden konnte. Jemand legte schnell ein Tuch unter ihre Hände, damit sie keine Verbrennungen erlitt.

Ein anderer durchschnitt die Fußfesseln, während Richanas Arme schlaff an ihrem Körper herabfielen.

Die Frau, die sich als erstes zu mir gesellt hatte, strich Richana Haare aus dem Gesicht und gab ihr ein paar Klapse auf die Wange.

Auf einmal richtete sich Richana mit weit aufgerissenen Augen auf und ich schreckte zurück. Ihr Atem ging schnell. Panisch schaute sie um sich. Langsam entspannte sie sich, als ihr ein paar Soldaten etwas auf Terryanisch sagten und sie die Symbole auf den Oberkörpern erkannte.

»Sie haben mich entführt und Sonat lebt noch!«, sagte sie in einem Atemzug. Da begegnete sie meinem Blick und ihre hellen, verängstigten Augen schienen Antworten in meinen zu suchen.

»Herrscherin Richana, dieses junge Mädchen hat Sie gerettet und Sie zu uns gebracht«, erklärte die Frau mit Mut. Ich kannte ihren Namen nicht und sie so zu nennen, war die einzige Möglichkeit, sie von den anderen zu unterscheiden.

Richana wandte ihren Blick nicht von mir ab. Ich bemerkte, dass alle ihre Muskeln angespannt waren, als ob sie sich vor mir fürchtete.

Wie musste ich aussehen, damit ich den Menschen so viel Angst einjagte?

»Richana?«, hörte ich von Weitem eine Stimme rufen. Es war nicht irgendeine, sondern *seine* Stimme.

Meine Wut war beinahe verflossen und übrig blieb nur der Schmerz. Mir schien, als ob ich ein zerfallener

Tempel war. Doch ich verdrängte dieses Gefühl, ich durfte nicht schwach sein.

Wie auch immer es ihm gelungen war, Shane hatte sich durch die Menge gekämpft und stand nun auf der anderen Seite. Richana drehte sich blitzschnell zu ihm und ihr Blick durchbohrte seinen.

»*Herrscherin*, nicht Richana. Ich dachte, das sei klar«, zischte sie.

Der ging es aber schnell wieder gut …

»Rhapsody«, nun war ich an der Reihe, »Du hast mich gerettet und dafür bin ich dir dankbar, aber mein volles Erbarmen erhältst du nicht. Solange du hier bist, stehst du unter *meiner* Macht und erfüllst die von *mir* erwünschten Dienste. Versuche gar nicht erst, mich ein weiteres Mal zu enttäuschen.«

Trotz ihres jungen Alters und ihrer scheinbaren Naivität schien sie um einiges reifer geworden zu sein. Ihre Macht war deutlich spürbar und sie brauchte kein Einverständnis, denn meine Meinung war ihr in jeder Hinsicht sicher gleichgültig.

Ich schluckte jeglichen Groll herunter und nickte.

Wo sollte ich nun hin?

Hojono war *tot*.

Ich erstarrte in dieser Sekunde. Es war nicht gerecht. Kein Mord war jemals gerecht. Ich hatte es nicht ändern können. Ich hätte Hojono nicht retten können, oder?

Ich krampfte meinen Kiefer zusammen, runzelte meine Stirn und verdrängte meine Tränen. Es war nicht der richtige Ort, um zu weinen, und was würden die Tränen nützen? Niemand würde mich trösten können, niemand würde es verstehen.

Mir war klar, dass es nicht der letzte Schmerz sein würde. Aber Yiero sollte für alles büßen und dafür würde ich höchstpersönlich sorgen.

*

Richana hatte sich mit einer Gruppe von Soldaten auf den Weg gemacht.

Ich hatte ungefähr eine Stunde Zeit, bis sie Shane und mich bei sich erwartete.

Der Raum, in dem Richana und ich gelandet waren, war mittelgroß. Auf der einen Seite gab es Tische und Bänke, auf der anderen fünf Schalter, die die merkwürdigen Flüssigkeiten an die Soldaten verteilten. Zuerst hatten sich mehr als zweihundert Menschen hier aufgehalten, jetzt blieben etwa zwanzig übrig, während der Rest wieder seinen Aufgaben nachging.

Ich saß an einem Tisch mit der Frau mit Mut, dem muskulösen, großen Mann namens Lukko und dem etwas Dünneren, der mir anfangs widersprochen hatte. Er musterte mich immer noch zweifelnd, aber ich spürte, wie sein Misstrauen langsam von seinen Blicken wich. Vor mir standen eine ausgeleerte Glasflasche und eine zweite halb volle.

Meine Augen folgten noch den letzten Soldaten, die Richana hinausbegleiteten.

»Eigentlich hat sie immer zwölf Wächter, die sich rund um die Uhr um sie kümmern und sie bewachen. Fünf wurden noch nicht wiedergefunden. Wir haben keinen Kontakt zum Refugium, deswegen wissen wir nicht, ob sie dort sind«, erzählte die Frau mit Mut. Sie hatte sich neben mich gesetzt und lächelte mich freundlich an. »Ich bin übrigens Inna und bin seit einem Jahr Soldatin. Das war schon immer mein größter Traum, du weißt schon ...«, sie sah mich suggestiv an, » ... die Welt zu retten.«

Ich lächelte, denn es klang wie der Traum eines kleinen Kindes.

Manchmal schienen Worte dem Ernst der Situation nicht zu entsprechen.

»Also ich habe dir von Anfang an vertraut. Du hast so eine Ausstrahlung ... ich meine, du bist schon so hübsch, aber dann noch dieser Einfluss, den du auf andere Menschen hast!«, sprudelte es aus ihr heraus. Sie seufzte, als ob sie neidisch wäre. »Und das ohne Gesichtsmalerei!«

»Was?«, entgegnete ich ihr.

»Sagt man das nicht so? Wenn man zum Beispiel mit einem Stift die Lippen anmalt ...«, erklärte sie und wedelte mit ihren Händen herum. Ihre Muttersprache war schließlich Terryanisch.

»Nicht wirklich, es handelt sich eher um Make-up«, antwortete ich schmunzelnd. Sie lachte.

Ich mochte sie, denn sie war freundlich und akzeptierte mich. Außerdem tat es gut, nicht immer über Katastrophe und Tragödie zu reden. Irgendetwas sagte mir, sie würde eine gute Freundin werden.

»Du beherrscht meine Sprache wirklich sehr gut, außer das mit der Schminke. Wie kommt es, dass nicht alle das können?«, erkundigte ich mich. Sie wirkte geschmeichelt.

»Na ja, im Zio ist die alte Sprache ein Wahlfach. Eigentlich wird jedem dazu geraten, sie zu lernen, denn sie gehört ja zu unserer Geschichte. Außerdem klingt sie sehr schön. Es macht Spaß, sie zu sprechen«, erklärte Inna.

»Was ist ein Zio?« Ihre Augen waren weit aufgerissen und sie war perplex.

»Das weißt du nicht?«, rief sie. »Warte mal, du bist also der Mondmensch, der vor einigen Tagen hier angekommen ist und so viel Chaos verursacht hat?« Ich nickte, etwas eingeschüchtert. »Das ist nicht schlimm. Da hat man wenigstens ein gutes Gesprächsthema«, tröstete sie mich. »Zio ist die Abkürzung für Erziehungsort. Wenn die Kinder sechs Jahre alt sind, schicken ihre Eltern sie dort hin. Während ihren Entwicklungsjahren lernen sie Allgemeinwissen und nebenbei haben sie eine ganz große

Auswahl von Aktivitäten, damit sie etwas ihrem Geschmack entsprechend finden können. Die meisten entscheiden sich mit 15 oder 16 Jahren, worin sie später tätig sein möchten. Sie bleiben bis zu ihrem 21. Lebensjahr noch im Zio. Danach erlernen sie ihren Traumberuf, haben immer noch genug Freizeit übrig, um sich nach etwas Anderem umzusehen und ihre Hobbys zu pflegen. Es ist schwer, einen Platz in der Armee zu bekommen, deswegen bin ich umso glücklicher, endlich hier zu sein!«

Ich musste zugeben, dass mich dieses System faszinierte, denn man gab den Kindern wirklich die Chance ihr Leben mit ihrer Leidenschaft zu verbringen und diese auch erst einmal zu finden.

Andererseits erschrak es mich, dass die Eltern gar keine Rolle in der Entwicklung ihres Kindes spielten. Als ob Inna Gedanken lesen könnte, seufzte sie und beugte sich zu meinem Ohr.

»Was die Familie betrifft, ist es nicht so hart, wie es klingt. Die Eltern sehen ihre Kinder regelmäßig, sie wachsen bloß nicht unter ihrer Obhut auf. Man möchte allen die gleiche Chance geben und das geht nur, wenn die Erziehung bei allen dieselbe ist. Unter einer allgemeinen, gleichen Erziehung werden Risiken für Streit, Neid und Missgunst um einiges reduziert«, flüsterte Inna. »Das ist der wahre Grund, weshalb man die Kinder so früh schon in die Zios schickt. Aber ich rate dir, nicht so laut darüber zu reden, damit es keinen Ärger gibt.«

Ihre letzten Worte entsetzten mich. Gab es etwa keine Meinungsfreiheit? Warum konnte man das nicht öffentlich diskutieren? Selbst wenn es die Menschen empören würde, die es betraf, wäre es doch eine gute Idee, sie auf ihre Fehler aufmerksam zu machen. Anscheinend sahen das nicht alle so. Wir schwiegen und lächelten uns an. Für einen Augenblick vergaß ich alles um mich herum.

»Rhapsody?« Seine Stimme zog mich wieder in die schmerzhafte Realität zurück und als ich seine Hand auf meiner Schulter spürte, wirbelte ich herum und schob sie weg.

»Wage es ja nicht, mich anzufassen«, spuckte ich höhnisch aus.

Ich spürte, wie es langsam still um uns wurde.

»Wir haben nicht gerade sehr viel Gutes von dir gehört«, meinte Inna und stand auf. Lukko kam zu meiner anderen Seite.

»Was willst du von ihr?«, knurrte er.

Shane sah furchtbar aus. Sein Gesicht war schmerzverzerrt und er wusste, wie sehr ich ihn im Moment verachtete. Seine Augen sahen Abgründen tiefen Verderbens ähnlich. Als er in meine sah, schien er jedoch seine Angst und Ungemütlichkeit herunterzuschlucken.

»Ich möchte nur mit ihr reden«, erwiderte er und blickte mit ernsten Augen Lukko an.

»Dann sprich. Wir gehen kein Risiko ein«, sagte Lukko, während ich mich aufrichtete, damit nicht jeder auf mich herunterschaute.

Shane schien unzufrieden, aber das war mir egal. Er drehte sich zu mir und seufzte.

»Es tut mir so leid, Rhapsody. Ich stand unter Schock und ich wusste nicht weiter. Ich habe irgendetwas gebraucht, um meine Wut zu dämpfen und das waren meine Worte. Ich wollte dich niemals verletzen. Es war einfach zu viel und ich konnte nicht anders. Verzeihe mir.«

Seine Stimme bebte und er sprach zügig unter den wachsamen Blicken Lukkos und Innas. Ich atmete ein und aus, ließ meinem Kopf die Zeit, seine Worte zu verarbeiten. Dann schüttelte ich meinen Kopf.

»Nein, Shane. Diesmal nicht. Du kannst nicht jemanden verletzen und ihn schon um Entschuldigung bitten, während die Wunde noch heilt. Ich weiß noch nicht, ob meine Wunde irgendwann einmal heilen wird.« Ich schwieg für einen Augenblick und sah auf den Boden. »Ich glaube, ich werde dir niemals verzeihen können.«

Seine Augen glichen wieder endloser Dunkelheit und Irrfahrt, aber es war mir egal. Es schmerzte, doch es musste mir gleichgültig sein. Er nickte und Tränen schimmerten in seinen Augen. Im nächsten Moment wirbelte er herum und verließ mit großen Schritten den Raum.

Es tut mir auch leid, Shane.

Ich folgte ihm noch mit meinem Blick.

Für einen Augenblick bereute ich meine Worte. Ich wollte zu ihm, aber es war zu früh.

Jeder Gedanke an ihn schmerzte.

»Rhapsody, es ist so weit. Der Herrscherrat erwartet dich«, zog mich Lukko aus meinen Gedanken heraus. Ich verdrängte jede Emotion.

Herrscherrat?

Ich hoffte, dass nicht alle wie Richana waren.

Inna wechselte ein paar Worte mit Lukko und stieß dann einen Freudenschrei aus.

»Ich darf mit!«, zwitscherte sie fröhlich und folgte Lukko und mir aus dem Raum.

Wir durchschritten sämtliche Flure, bogen mehrmals ab, trafen andere Menschen, die uns neugierig und hoffnungsvoll mit ihren Blicken verfolgten.

Die ganze Zeit über hatten wir geschwiegen und nun befanden wir uns vor einem Aufzug. Lukko betätigte ein Imaga und tippte zwei Passwörter ein. Das war wohl ein Aufzug, den nicht jeder benutzte, obwohl er eigentlich von außen aussah wie alle anderen.

Da öffnete sich die Tür von oben nach unten.

Das war neu.

Innen waren die Wände mit einem sanften Aquablau bestrichen worden und es gab sogar einen Spiegel. Meine Augen waren leicht gerötet und meine Haare lagen ruhig auf meinen Schultern. Sonst war ich ziemlich blass. Ich sah einfach nur traurig aus.

Ein weiteres Mal legte Lukko seine Hand auf ein Imaga, das diesmal im Aufzug hing. Die Tür schloss sich und er startete.

Lukko und Inna bildeten eine Art Schutzwall vor mir, während ich mich gegen die Wand lehnte. Die Stille wurde langsam nervtötend und gab mir zu viel Zeit und Gelegenheit, nachzudenken.

»Was ist ein Herrscherrat?«, fragte ich, ohne wirklich großes Interesse daran zu haben.

»Wie hast du deine Neugierde so lange zähmen können?«, meinte Lukko und ich erkannte ein Schmunzeln auf seinem sonst todernsten Gesicht.

»Lukko, sie ist neu hier! Lass sie schnüffeln, solange sie noch kann!«, griff Inna ein und drehte sich herum.

Solange sie noch kann. Was sollte das bedeuten? Konnte ich irgendwann einmal keine Fragen mehr stellen? Gab es Dinge, die selbst Lukko oder Inna nicht wissen durften? Na ja, vielleicht die Tatsache, dass ich Yieros Tochter war.

»Der Herrscherrat besteht aus zwölf Mitgliedern, darunter Richana. Jedes Mitglied muss mindestens einmal Inselgruppierungsherrscher gewesen sein, damit es überhaupt vom Volk gewählt werden kann. Weil es zwölf Inselgruppierungen gibt, hat man sich auf einen pro Gruppierung begrenzt. Die Mitglieder übernehmen die Rolle der Berater. Herrscherin Richana darf keine politische Entscheidung treffen, ohne deren Einverständnis, aber in Notsituationen übernimmt sie die Kontrolle.«

Es ähnelte schon ein bisschen einem demokratischen System, aber wer bestimmte darüber, was eine Notsituation war?

Zu weiteren Fragen kam ich nicht, denn der Aufzug kam zum Stehen und die Tür öffnete sich.

Dieser Flur war nur etwa zwei Meter lang, bis er zu einer runden Halle führte. Alles war sorgfältig und harmonisch in einem weichen Hellblau gestrichen worden. Es erinnerte mich an mythologische Sagen, in denen Helden und Götter im Olymp eintrafen, um ihren rechtmäßigen Lohn zu erhalten.

Ich vermutete, dass ich sicher nicht als Heldin willkommen geheißen werden würde.

Genau auf der gegenüberliegenden Seite befand sich eine größere, abgerundete Türversion eines Imagas. Es glänzte blau, als ob man Glitzer auf die Fläche gelegt hätte.

Obwohl es in der Halle noch weitere Türen gab, waren Lukko, Inna und ich die Einzigen hier.

Plötzlich piepte etwas und Lukko zog seinen Ärmel hoch, um sein magisches Armband zu offenbaren.

Er nickte und blickte zu Inna. Sie schritt zum Imaga, legte ihre beiden Hände darauf. Ein blaues Licht fuhr heraus und umgab ihren Körper.

Lukko machte es ihr nach und zuletzt war ich dran. Als das Licht meine Haut streifte, fühlte ich mich plötzlich nackt, was kein angenehmes Gefühl war.

Da öffnete sich das Imaga und fuhr zu beiden Seiten auf. Es sah aus wie ein Meer, das sich teilte.

Sobald ich in den nächsten Raum eingetreten war, schloss sich das majestätische Tor wieder.

Vor mir erstreckte sich der blaue Himmel.

Die Sonne schien auf mich herab und ich hatte das Gefühl, zu schweben.

Was war das für ein Ort?

Als ich meinen Blick von dieser Unendlichkeit abwenden konnte, erkannte ich einen langen, oval förmigen Tisch vor mir. Er schimmerte weiß und schwebende, hellblaue Sessel reihten sich an seinen Seiten entlang an. Sie sahen fantastisch aus und schienen fast eine eigene Aura zu besitzen.

»Rhapsody«, sagte eine helle Frauenstimme, die im Raum echote. Mein Kopf wirbelte nach rechts.

Richana trug ein hellblaues Oberteil zu einer weißen Hose. Ihr Haar war zu einem Zopf zusammengebunden worden.

Sie passte perfekt in dieses Bild hinein. Ihre Augen glitzerten wie Diamanten und waren ebenso scharf geschliffen.

War das die Wirklichkeit? Oder war alles nur Fassade, was ich hier sah?

Irgendetwas stimmte hier nicht und war falsch. Die Atmosphäre raubte einem den Verstand.

»Wo sind die anderen?«, brachte ich nach einigen Sekunden heraus. Ich bemerkte, wie schön meine Stimme klang und dass es außer uns niemanden weit und breit zu sehen gab. Inna und Lukko waren wohl draußen geblieben.

»Ich wollte noch etwas mit dir besprechen, bevor sie eintreffen.« Ihre Worte klangen wie ein sanftes Lied und es war so merkwürdig.

Wurde ich von diesen Wänden, diesem Himmel und Richana hypnotisiert? Warum fühlte ich mich frei und glücklich und lächelte die ganze Zeit?

Das war nicht *natürlich* ...

»Was geschieht mit mir?«, hauchte ich und blickte auf meine Hände hinab. Sie glänzten weiß und ich fing an zu zittern. »Hilfe!«, schrie ich, obwohl ich nur weiche Töne aus meinem Hals herauskommen hörte.

»Niemand wird dich hören können, Rhapsody.« Ihre Worte waren zwar hart, aber alles klang so wunderbar. »Es tut mir wirklich leid, aber ich habe dir Wahrheitsserum einflößen lassen. Ich kann es mir nicht leisten, angelogen zu werden und ich weiß, dass du mir etwas sehr Wichtiges verschweigst. Erzähle mir, was dir auf dem Herzen liegt. Ich bin immer für dich da«, säuselte sie.

Yiero. Aprilya. Hojono. Shane. Nein. Ich konnte ihr das nicht erzählen, niemals wieder könnte ich irgendetwas jemandem preisgeben.

Mein Kopf schmerzte aufgrund dieser Gedanken. Ich musste mich gegen die Verführung, die Worte auszusprechen, wehren.

Rede, es ist leicht, nur ein paar Worte und es geht dir schon viel besser, flüsterte eine teuflische Stimme in mir. Ich hatte sie schon einmal gehört, als ich beinahe im Fluss ertrunken wäre. Aber da hatte mich ja Shane noch rechtzeitig retten können.

Es gab Hoffnung. Ich durfte nicht aufgeben. Es ging nicht um Leben und Tod, aber wenn Richana erst einmal die Wahrheit wusste, würde sie mir nie wieder in die Augen sehen können, geschweige denn wollen, dass ich das Volk beschützte.

»Warum tust du mir das an? Ich weiß nichts!«, erwiderte ich und es fühlte sich wie eine miese Lüge an. War es eine? Alles war so schön und ich fühlte mich grässlich.

»Vieles lässt sich so leicht vortäuschen«, sang sie und drückte auf einen Knopf ihres glänzenden Armbands. Auf einmal verschwand der Himmel vor mir und eine fantastisch graufunkelnde Wand tauchte an ihrer Stelle auf. Ich stöhnte verwundert. »Yiero hat eine Schwäche, die *du* entdeckt hast. Er ist freiwillig gegangen, weil du ihn weggejagt hast. Ich muss wissen, welche Waffe du besitzt. Es geht nicht um mich, sondern um das Leben von Millionen Menschen.« Ihre Stimme klang seidenweich.

Vor meinen Augen glänzten kleine Sterne, aber ich strengte mich an, gab nicht auf und ließ ihre Worte immer wieder durch meinen Kopf gehen.

»Du fürchtest dich vor meiner Macht«, sagte ich erschöpft, obwohl es wie eine brillante Melodie klang. Richanas Problem lag offensichtlich da. »Ich besitze die Macht, die du gerne hättest. Du bekommst nie genug. Es geht dir gar nicht darum zu wissen, wie du den Menschen helfen kannst, sondern nur darum, wie du *ihm, Yiero,* schaden kannst.«

Ihr Gesicht war wie Porzellan und schien trotzdem unzerbrechlich zu sein.

»Du gibst es also zu«, hauchte sie und mit schnellen Schritten stand sie vor mir, packte meine Schultern und zwang mich, in ihre Augen zu sehen.

Zuneigung, Freundschaft und Liebe schienen mir etwas zuflüstern zu wollen, aber alles, was ich sah, war Eifersucht in einem trügerischen Schein.

»Sag mir alles, was du weißt.«

»Nein!«, schrie ich ihr ins Gesicht.

Meine Stimme hallte und klang weit entfernt. Knirschen umgab meinen Schrei, als ob ein altes Radio ein Lied spielen würde. Ich versuchte, mich gegen sie zu wehren, und drehte meinen Kopf nach links. Alles schien viel langsamer, als ob es hier keine Zeit gäbe.

Das war die Lösung. Mein Kopf hämmerte, aber ich wusste, dass es an dem Serum lag und nicht an irgendeiner Blockade. Alles wirkte immer noch makellos und völlig in Ordnung, doch dann wurde es mit einem Mal schwarz um mich. Wie Sternschnuppen schossen Tausende von Bildern an mir vorbei.

Wo sollte ich landen? Wem konnte ich noch vertrauen? Und wenn Inna und Lukko auch nur eine Illusion gewesen waren? Wo führte mich meine Paranoia und Furcht vor Yiero hin? Zu Yiero selbst?

Niemals.

Meine Augenlider zuckten. Alles streifte an mir vorbei, mir wurde schwindelig und ich verlor jeden Halt, jede Kontrolle …

Nein, es durfte nicht so kommen. Ich wusste, dass ich landen musste. Weiter im Zeitsprung zu bleiben könnte eine Gefahr darstellen, ich konnte nicht überall zur gleichen Zeit sein, oder?

Außerdem musste jeder Sprung ein Ende haben. Meine Tränen waren eisig und ich zitterte. Ich sehnte mich nach Wärme, Geborgenheit und Sicherheit.

Ich wollte keine Angst mehr haben.

Ich wollte keine Reue und keinen Schmerz mehr fühlen. Ich wollte nicht mehr fliehen.

Die schwarze Tinte der Dunkelheit umhüllte mich und ließ jedes Licht erlöschen. Ich verlor mich selbst: meine Gedanken, dann meine Gefühle und zuletzt meine Sinne. So tauchte ich in den zarten Schlaf des Unbewussten.

******

Er geht den hellblauen Flur entlang.

Seine Gedanken drehen sich um die Worte, von denen er fürchtet, dass sie niemals ihren Empfänger erreichen werden.

Plötzlich packt ihn ein merkwürdiges Gefühl.

Sein Blick schweift nach oben und er sieht sie herunterfallen.

Er hat gerade noch genug Zeit, sich nach vorne zu werfen, um sie aufzufangen.

Bewusstlos liegt sie in seinen Armen. Sie ist in ihrer Traumwelt versunken und murmelt still vor sich hin:

Vertraue niemandem.

Liebe Lesende,

keine Geschichte ist perfekt und dafür bin ich auch dankbar. Denn woher bekommen wir Autor:innen sonst unsere Ideen?

Wir erkennen Fehler, Löcher, Probleme in den Netzen unserer Kulturen und Gedanken – und versuchen dann, sie mit unseren Worten zu flicken.

Genau aus diesem Grund sind Rezensionen so ungemein wichtig für uns Schreibende. Sie helfen uns zu verstehen, wie ihr Lesenden unsere Geschichten im Gesamtbild betrachtet. Ich freue mich über jede einzelne Rückmeldung – ob in Form einer Rezension, einer Social-Media-Nachricht oder einer E-Mail.

Wenn euch *Zeitsprung II* gut gefallen hat, dann berichtet gern auf dem Weg und mit dem Mittel eurer Wahl davon, zum Beispiel auf LovelyBooks, Amazon, Instagram, TikTok oder live bei einem Treffen mit Freunden und Familie!

Jede Empfehlung ist eine unbezahlbare Unterstützung für mich als junge Autorin – und weiß ich sehr zu schätzen.

Herzlichen Dank!
Rose-Lise

PS: Ihr wollt noch mehr Fantasy?

Perfect – Spüre die Angst

Fesselnde New Adult-Fantasy von Rose-Lise Bonin

Stell dir vor, du könntest Verbrecher die Todesangst ihrer Opfer spüren lassen – würdest du deine größten Träume aufgeben, um andere zu retten?

Die 24-jährige Emma Miller steht kurz davor, endlich die neue Moderatorin des TV-Magazins *Best of Today* zu werden. Doch stattdessen ergattert der selbstgefällige Kris Norman ihren Traumjob. Ist es Zufall, dass Emma sich am nächsten Tag an nichts erinnern kann und plötzlich übernatürliche Kräfte besitzt? Blitzschnell, unglaublich stark und mit der Fähigkeit, Menschen in Not die Angst zu nehmen, wird sie zur Superheldin White Knight. Während der schüchterne Kameramann Luke Lawson ihr dabei hilft, ihre zweite Identität geheim zu halten, macht sie sich als Heldin allerdings nicht nur Freunde. Für Emma wird es immer gefährlicher, ein Doppelleben zu führen. Wie lange kann sie noch White Knight bleiben, ohne ihre größten Träume und sogar sich selbst zu opfern?

Jetzt überall, wo es Bücher gibt, als Taschenbuch erhältlich!

Werde Teil meiner Community!
In meinem Newsletter erwarten dich Schreibupdates,
Einblicke in mein Autorenleben und exklusives Material:

www.rlb-autorin.de
Folge mir auf Instagram & TikTok:
@rlb_autorin

Danksagung

Vielen Dank, dass ihr euch mit *Zeitsprung II* weiter auf das Abenteuer von Rhapsody und Shane eingelassen habt. Der dritte und letzte Teil hält noch so einige Überraschungen für euch bereit!

Einen herzlichen Dank möchte ich auch an meine Eltern aussprechen: Ohne euch hätte ich mir nie so früh schon meinen allergrößten Traum erfüllen können.

Danke, dass ihr mich immer unterstützt, dass ihr nie aufhört, an mich zu glauben, und dass ihr immer für mich da seid.

Viel Spaß beim Weiterlesen wünscht euch herzlichst,
Rose-Lise Bonin